三好昌子

角川春樹事務所

目次

contents

第一部　鴛鴦図の女　7

第二部　天馬の男　129

――無根樹とは、枝、葉、幹、根、すべて落とした後に残る真実(まこと)のこと――

無根の樹

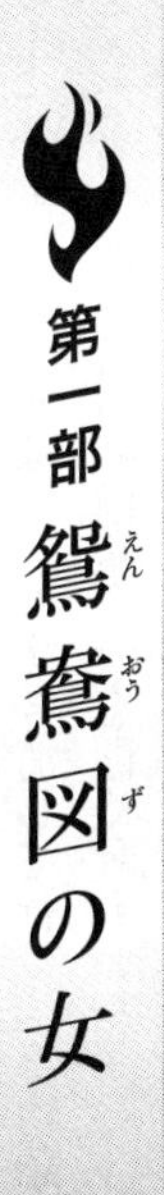

第一部　鴛鴦図（えんおうず）の女

其の一　幽霊絵師

夏になると、決まって怪異話が流行りだす。日の暮れるのを待って一つ所に集まり、いわゆる「怪談」を語って涼を取るという趣向だ。京の町では、老いも若きも、この手の話を好んだ。

蠟燭を百本灯し、一人ずつ語っては、火を吹き消して行く「百物語」もあれば、人を集めて話術の達者な者に語らせる「講釈会」を開く者もいた。

その頃になると、絵草紙屋も張り切り出す。幽霊や化け物の絵が良く売れるからだ。どこか滑稽な姿の化け物も好まれるが、やはり、「幽霊図」の方が人気がある。ゆえに、腕が良いだけではなく、背筋が凍るほどに怖ろしい絵を描ける絵師は、「幽霊絵師」として重宝された。

その事件は、明和三年（一七六六年）の、端午の節句も過ぎた五月の半ばに起こった。

西町奉行所同心、榊玄一郎(さかきげんいちろう)は、朝餉(あさげ)の膳(ぜん)に着いていた。

座敷から望む庭の隅には、紫陽花(あじさい)の一群れが植わっている。同心組屋敷のどこの家の紫陽花よりも色が濃い。昨日の雨のせいか、赤紫や濃い紫の大振りの花も青緑の葉も、朝の陽射(ひざ)しを受けて眩(まばゆ)いほどに輝いていた。

白い小皿の茄子(なす)の濃紺が鮮やかだ。啜(すす)った味噌汁(みそしる)は、舌を火傷(やけど)しそうなほど熱い。

一年を通して、玄一郎は熱々の汁物を好む。夏だからといって冷汁にされると、どうも身体(からだ)に気合が入らないのだ。

汁椀(しるわん)を膳に置き、玄一郎はおもむろに飯椀を手に取った。油揚げと青菜の煮びたしに箸(はし)を伸ばそうとした、その時だ。

「旦那(だんな)」という声がした。再び庭に視線を向けると、そこには、御用に使っている手(て)下(か)の小吉(こきち)の姿があった。

「急ぎか?」と尋ねた玄一郎に、小吉は「へえ」と気の毒そうな顔をする。

「朝飯、食うてる暇はないんやろな」

「どうやら、そのようで」

玄一郎は箸を置くと、立ち上がって縁先に出た。

小吉が彼を見上げていた。色白、細身の長身。切れ長の目に通った鼻筋……。月代(さかやき)

は綺麗に整えられ、相変わらず、ため息が出るような男ぶりだ。

小吉は、三年前、与力の伊井沼孝太夫に紹介された男だった。玄一郎が叔父の玄蕃の跡を継いで同心になってから、二年が経った頃だ。父親の玄信は、玄一郎が十歳の頃、お役目の最中に危難に遭い命を落としていた。そのため、玄信の弟の玄蕃が、玄一郎の後見人となり、同心職を引き継いだのだ。

当時、玄一郎は二十七歳だった。小吉は五つ下の二十二歳だ。いろいろと頼りになる男なのだが、三年経った今でも素性がはっきりしない。

その後、孝太夫は年齢を理由に与力をやめた。今は隠居して悠々自適に暮らしているが、小吉のことになると、途端に口数が少なくなる。

——とにかく役に立つ男やさかい、そんでええやろ——

と、笑ってごまかされた。

「それで何があったんや。盗みか、殺しか、押し込みか……」

問うと、すかさず小吉はこう答えた。

「相対死どす」

「相対死……、て、心中もんか」

（やっかいやな）と思わず胸の内で呟いた。

「へえ、堀川に死体が上がりました」

　平然と小吉は言った。


　堀川は、北は大徳寺を囲むように一周し、南に向かって流れ、二条城の前をさらに南に下り、西九条村まで突っ切っている。川幅は四丈（約十二メートル）ほどもあり、平安京造成時に、物資を運ぶために造られたものだ。

　東市や西市が立っていた時代は、品物を運ぶにも便が良かったらしい。平安の世の末頃には、材木の運搬にも利用されるようになっていた。

　今も物流のための船が行き交い、原木の筏も浮かぶ。木場職人や水夫たちの藍染の半纏姿も勇ましく、活気に満ちた場所だ。

　死体が上がったのは、仏光寺通の橋のたもとだった。

　川端に並ぶ柳の枝が、風にそよいでいた。夏至も過ぎれば陽射しは厳しくなる。この暑さでは、水にも飛び込みたくなろうというものだが……。

　心中者は、大坂へ荷物を運んでいた船の棹に引っ掛かったという。遺体は川から引き揚げられ、西側の土手に敷いた筵の上に寝かされていた。

　その傍らには、明らかに町方とは毛色の違う男がいて、待ちかねたように玄一郎を振り返った。

整った顔立ちに、総髪を束ねただけの儒者髷（じゅしゃまげ）。医者の久我島冬吾（くがしまとうご）だ。年齢は二十八歳。明和元年の閏（うるう）十二月に、松前筑前守（まつまえちくぜんのかみ）の後任として京都西町奉行となった太田（おおた）播磨（はりまの）守（かみ）が、江戸から連れて来た侍医（じい）だった。

同心の仲間内ではかなり評判が悪い。

死人が出た事件にやたらと顔を出す。頼みもしないのに検分し、時には担当している同心とは違う見解を述べた。播磨守の信頼は非常に厚く、しばしば久我島の判断を優先するので、年配者などからは煙たがられている。

――新参者のくせに、生意気なやっちゃ――

――播磨守の腰巾着（こしぎんちゃく）が……――

という陰口は、玄一郎も耳にしていた。

久我島はあまり人付き合いの良い方ではない。幸い、これまで玄一郎の事件には関（かか）わって来なかったこともあって、未（いま）だに馴染（なじ）みはない。

玄一郎は改めて遺体に目をやった。

女の年齢は、十八歳ぐらいだ。着ているのは地味な紺絣（こんがすり）で、女中奉公でもしていたようだ。胸許（むなもと）が大きくはだけ、乳房がむき出しになっている。乱れた裾（すそ）の緋（ひ）色の蹴（け）だしから覗く足の白さが、そこだけ別の生き物のようで、妙に艶めいて見えた。

男は四十代前半。瘦せた身体つきに、腹だけが出ている。かなり水を飲んでいるのだろう。死んでなお、苦悶の色が張りついている顔が痛々しい。

二人の身体は女物の腰紐でしっかりと結ばれていた。さらに別の紐で石がくくりつけられている。おそらく橋から飛び込んだものだろう。その橋の上には、すでに人だかりができていた。

「主人が女中とええ仲になり、思いあまっての情死、てところか」

玄一郎はそう言ってから、ちらりと久我島の顔を窺った。久我島は首をわずかに傾げて、何やら考え込んでいる風だ。

「お名前は？」

いきなり久我島が問いかけて来た。

「西町奉行所同心、榊玄一郎」

答えると、久我島はすぐに「私は」と言いかける。

玄一郎は片手をさっと上げて、それを遮った。

「あんたが何もんかは知っとる。そんなことより、検分を聞かせてくれ」

久我島はおもむろに女の首筋を指先で示した。

「両手で絞められた跡があります。心中は心中でも無理心中かも知れませんね」

玄一郎はしゃがみ込むと、女の首の辺りを覗き込んだ。

「男が女を殺して、その遺体と共に川に飛び込んだ、か……」

「あり得るな」と呟いて、玄一郎は二人の身体を筵で覆った。

「それで、この二人の身元やが……」

言いかけた時、小吉が「旦那」と玄一郎を呼んだ。

「このお人が、心中もんに心当たりがあるて言うてはります」

小吉が連れて来たのは、四十二、三歳ぐらいの商人風の男だった。男は玄一郎に向かってヒョイと小腰を屈(かが)めると、遠慮気味にこう言った。

「近くで見んことには、はっきり分からしまへんねやけど」

「かまへんさかい、側(そば)に寄れ」

男はそろそろと遺体に近づいて行った。小吉が筵を剥(は)いだ。男は首を伸ばすようにして覗き込んだかと思うと、ヒッと息を呑(の)み、よろめきながら後退(あとずさ)りした。

「どや、知ってる顔か？」

すかさず玄一郎が尋ねる。

「へ、へえ」と男は頷(うなず)き、その場にぺたんと座り込んでしまった。

「絵師の、北川夕斎どす」

「女は？」

「女中のお光どすわ」

「その絵師と、お光て娘との関わりは……」

「関わり」と繰り返してから、男はどこか呆けた顔になる。

「せやから、二人の仲を聞いてんのや」

玄一郎は焦れる気持ちを抑えて、さらに問いかける。

「それは、わての口からは……」

言われしまへん、と男は言葉を濁す。

「女房の目を盗んで、主人が女中に手を出した。ようある話や」

玄一郎はそう言い切ってから、腰を屈め、男の前に顔を突き出した。

「それで、あんたは何もんや」

途端に男は慌てたように立ち上がり、早口でこう言った。

「わては二条通新町で絵と画材を商うてる『松永堂』の主人で、忠兵衛てもんどす」

「こない朝早うに何の用や」

すると、忠兵衛は、背後をちらりと振り返るそぶりをする。

「この先の壬生村に、夕斎先生のお宅があるんどすわ」

北川夕斎は画材に拘る絵師だった。紙も絵の具も絵筆も、気に入った物しか使わない。そのため、品物がない時はすぐに取り寄せねばならなかった。

「今朝方、大和国から注文の品が着いたところなんどす。急いではるようやったんで、わてが夕斎先生のお宅へ届けに行きました」

ところが、肝心の夕斎は家にはいなかった。夕斎は女遊びが派手だ。「どこぞの女と、夜を明かしてはるんどっしゃろ」と、応対に出た妻女は言った。

「朝早うに、わざわざ足を運んだちゅうのに女遊びやなんて、と少々腹も立ちましたんやけどな。こちらも商売どすさかい仕方おへん。『絵の方、あんじょう頼みます』とだけ言うて、お宅を出たんどす」

その帰り道、なぜか橋の辺りに人が集まっている。つい野次馬の中に入ってみたら、水死人の着物の柄が目に入った。

「確かに、派手な小袖ですね」

傍らで聞いていた久我島が言った。

濃い松葉を思わせる色と、赤みのある桜鼠の市松模様に、裾に一羽の鳥をあしらった着物。それに鳶茶の地色に洒落柿の亀甲模様の帯。市松の四角の柄が大きめなので、遠目でも分かったと言うのは、納得できる話ではあった。

「それで、この二人はどないなるんどす？」

話しているうちに、心も落ち着いて来たのだろう。今度は不安そうな面持ちになって、忠兵衛は玄一郎に尋ねた。

「相対死は、三日間、四条河原に晒されることになっとる」

心中は犯罪として扱われ、死んでも死に切れなくても刑罰が与えられる。ゆえに、その遺体をまともに弔うことも許されない。それほどに幕府は心中を嫌った。

理由は、「情死」が戯作などで美化され、心中事件が増えたことによる。

「酷うおす。天下の北川夕斎どすえ」

忠兵衛は半泣きの顔になる。

北川夕斎がどれほどの絵師なのか、仕事一筋で、これといった趣味もない玄一郎に分かろう筈もない。

「北川夕斎は、京、大坂では、月岡雪鼎と並ぶ美人画の絵師だと聞いています」

その時、脇から久我島が口を挟んだ。

「へえ、そうどす」

忠兵衛は誇らしげに頷いた。それからすぐに哀願するようにこう言った。

「幾らなんでも、もう死なはったお人どす。ただでさえ洛中のええ噂話にされるて言うのに、晒しもんにするんは、あんまりにもひどうおす。妻女のお美和さんの気持ちを思うと、このまんま静かに見送らせてやって貰えまへんやろか」

玄一郎にも、残された妻の心が分からない訳ではなかった。しかし……。

「どないな事情があろうと、相対死は晒すのが決まりや。ここは諦めるしかあらへん」

その時、背後からトントンと肩先を軽く叩かれた。振り返ると、久我島の顔が間近にあり、玄一郎は思わずのけ反りそうになった。

「そう堅いことを言わなくても、良いではありませんか」

久我島は玄一郎の耳元で囁いた。

「ここはあなたの差配で、なんとでもなるのでは？」

「ならへんっ」

思わず声を上げた。

「あんた、何ちゅうことを言うんや」

「心中でなければ良いのでしょう」

久我島が自分の肩を、こつんと玄一郎にぶつけて来る。その馴れ馴れしさに、玄一郎が思わず一歩退いた時だ。

「見て下さい。あの二人の身体を繋いでいる紐を……」

やけに白く長い指先で、久我島は遺体を示す。

「あの紐を解いてやれば、ただの水死人です。たまたま二つの死体が上がっただけのこと」

「あんた……」

玄一郎は思わず息を呑む。

「この場をごまかせ、てそない言うてんのか?」

「哀れではありませんか」と、久我島はわざとらしく声を落とした。玄一郎の傍らでは、小吉が息を潜めて二人の会話を聞いている。

久我島は視線を忠兵衛へと向けた。玄一郎もつられてその方を見る。忠兵衛は、北川夕斎の側に両膝をついて、着物の袖を顔に押し当てていた。必死で嗚咽を堪えているようにも見える。

相対死を晒すのは、恥辱を与えるためだ。しかし、晒されることで、北川夕斎という一人の絵師の、名声も栄誉も、また培って来た人生そのものも、一切が剝ぎ取られて泥に塗れることになる。

「紐を一本、解くだけでええ、て……」

玄一郎は不満のあまり独り言を呟いた。

(軽々しゅう言うてくれる)

玄一郎とて鬼ではない。いかなる事情があれ、すでにこの世と縁を切った者を貶めたい訳ではない。それでも、法は法なのだ。それを民衆に示さねばならぬ側の町方が、自ら破って良い筈はなかった。

「御法破りの責は誰が負うんや。あんたが背負うとでも言うんか?」

玄一郎は、思い切り皮肉を込めて久我島に言った。

久我島は玄一郎の視線を軽く受け流すと、小さく笑って頷いた。

「播磨守には、私から上手く伝えておきます。決して、榊殿に迷惑はおかけしません。それに、これは人助けです。この時節、三日も遺体を晒したらどうなるか、あなたも良くご存じでしょう。後を片付ける雑色の身にもなって下さい」

と、久我島はなにやらもっともらしい理屈をつける。

「あんたが、そこまで言うんやったら……」

玄一郎は小吉を呼んだ。腰から脇差を引き抜くと、小吉の前に差し出し、「切れ」と一言だけ命じた。

さすがに小吉は躊躇いを見せ、玄一郎に近づくとそっと囁いた。

「旦那、ほんまにええんどすか？」

「ええも悪いも、仕方ないやろ」

(それにしても)と玄一郎は思う。

幾ら信頼しているとはいえ、なぜ播磨守は、己の侍医にここまで好き放題をやらせているのだろうか。

太田播磨守が京都西町奉行所の奉行として赴任して来てから、まだ一年と半年ほどしか経ってはいない。赴任時と二度の年頭の挨拶、後は玄一郎が関わった裁きの場で、数度見かけたぐらいだ。

裁きそのものは、すでに吟味を終えた結果を伝えるだけだ。巻物を広げ、伏し目がちに裁き文を読んでいる姿しか頭に浮かんでこない。

さほど恰幅が良い訳でもなければ、貫禄がある訳でもない。五十代半ばの中肉中背、頭髪に白髪が多いくらいだったか。ただよく通る声をしていたのが印象に残った。後で聞いた話では、趣味で謡曲をやっているらしい。

昨年七月の豪雨の折には、家を流された民衆のために、いち早く住まいを確保し、施粥を行った。その手際の良さには、玄一郎も少なからず感心させられた。凡庸に見えるが、ここぞという時の動きは速そうだ。

その播磨守の一番近くにいるのが、この久我島冬吾だ。主人に似たのか、よく掴めない人物だ。その久我島が、堂々と御法破りを先導する。しかも、肝心の奉行も、この男のすることなら黙認するらしい。

果たして、この御法破りが、どのような結果を生むというのか……。玄一郎の中に、沸々と興味が湧いて来る。

小吉も何かを察したようだ。無言で玄一郎から脇差を受け取ると、夕斎とお光を繋いでいる紐を断ち切った。紐がバラリと外れ、心中者は、偶然、同じ場所で同じ時刻に発見された、男と女の水死人の体裁に変わった。

玄一郎は小吉から脇差を渡されると、その柄を握り、先端を久我島の眼前に突きつける。

「この後、どう始末をつける気や。今、ここで起こったことは、この場にいてるもんが皆見てたんやぞ」

玄一郎は声音を強めて問いかけた。周囲には町方の小役人もいれば、橋の上には野次馬もいる。相対死があったという噂は、たちどころに京の町を駆け巡るだろう。そう簡単に、心中事件が「なかった事」にはできない筈だ。

「たとえ噂になったとしても、それはただの噂に過ぎません。晒し者にされない限りは、相対死ではなくなりますから……」

久我島はさらりと言い抜けると、忠兵衛を傍らに呼んだ。

「天下の北川夕斎先生を、丁重に葬って差し上げて下さい」

「それでは、返していただけるんどすな」

忠兵衛は玄一郎にではなく、久我島に感謝の目を向けた。

「お光は、どないなります?」

「お光の実家は、近いのですか」

「いいえ、身寄りのない娘だと聞いております」

「今となれば、お光はただの不運な水死人です。無縁仏として、どこかで供養して下さい」

「せやったら、化野(あだしの)の念仏寺(ねんぶつじ)にでも頼みますわ」

安堵(あんど)したように、忠兵衛は言った。

話は、すでに玄一郎を抜きにして着々と進んでいる。

その時になって、やっと久我島は玄一郎の顔を見た。

「北川夕斎の遺体を、家に運ばせて下さい。お光の方は、念仏寺へ……」

「小吉」と呼んだ声に、険があるのが自分でも分かった。

「久我島先生の言わはる通りにするんや」

「へえ」と小吉はすぐに頷いた。

遺体が二台の荷車に乗せられ、それぞれの方向へ運ばれて行くのを、玄一郎は無言で見送った。役人等が、橋や川端に集まる人々を追い払っている。

「これは心中やない。ただの水死や。いらん話を広げるんやないで」

野次馬に釘を刺してはいるが、噂はすぐに広まるだろう。しかし、久我島の言うように、四条河原に晒されない限り、心中事件にはならないのだ。

ふと、久我島に目を向けると、何やら忠兵衛と話し込んでいる。

その時、一通りの指示を終えた小吉が玄一郎の側に寄って来た。

何か言いたそうな様子だ。

「どないした?」

尋ねると、少し考えるような仕草をしてから、小吉はこう言った。

「これは、ほんまに相対死どすやろか」

「どういうことや?」

「心中に見せかけて、二人を殺したもんがいてる、てことも考えられしまへんやろか」

「確かにな」

一見して通常の心中者のようだ。しかし、女の首には絞められた跡があった。女も承知の上なのか、それとも、やはり無理心中なのか……。

あるいは、何者かが二人を殺し、相対死に見せかけたのか……。

玄一郎は、未だに何やら忠兵衛と話し込んでいる久我島へ目をやった。

（あの男、これがただの相対死とは考えてへんのかも知れん）

最初はいかにも同情している様子に見えた。北川夕斎の名誉のために、と御法も破らせた。だが、本当にそれだけなのだろうか。

（久我島冬吾、一体何もんやろう）

その時、小吉がぼそりとこう言った。

「旦那、この事件、このまま終わらさはりますか?」

「いいや」と玄一郎はかぶりを振った。

「終わりやない。始めるんや」

玄一郎は視線を久我島に向けたまま、小吉に「動け」と命じていた。

北川夕斎の葬儀は、事件の翌日、壬生寺で盛大に行われた。

玄一郎は知らなかったが、絵師、北川夕斎の名声は相当に高かったようだ。様子を見て来た小吉の報告によると、弔問客の中には、月岡雪鼎、円山応挙、伊藤若冲、池大雅など、今を時めく画壇の人間もいたと言う。

事件から二日後、玄一郎は、小吉から葬儀の一部始終を聞いていた。場所は、東西に走る姉小路通から衣棚通をやや上がった所にある、「笹花」という小料理屋だ。

さほど大きくはないが、瀟洒な造りの店で、小座敷が幾つかあり、込み入った話をする時に都合が良い。

その昔、上七軒で人気の芸妓だったと自称する女将は、愛嬌のある丸顔で気さくな人柄だが、それよりも、この店は腕の良い板前を抱えているらしく、料理がめっぽう美味かった。

伊井沼孝太夫に連れて来られたのが最初だったが、今ではすっかり馴染みの店になっている。

小吉が絵師の名前をすらすら上げるのを聞きながら、玄一郎は少しばかり彼が羨ましくなった。仕事一筋、無趣味で通して来た玄一郎には、絵のことなど全く分からなかったからだ。

「さすがに詳しいな」

皮肉ではなく、本心からそう言った。

「へえ、伊井沼様からの教えのたまものどす」

小吉は当たり障りのない返事をする。

孝太夫は確かに趣味が多い。

「それで、夕斎の死因は？」

相対死ではなくなったのだ。それなりの理由がいる。

「酒に酔って、堀川に落ちて溺(おぼ)れ死んだと……」

おそらく、久我島の見立てということにしたのだろう。

「女房の様子は？」

妻女のお美和には、真実が告げられていた。夫が女中と良い仲になり、行く末を儚(はかな)んで、心中したらしい……。

伝えるよう小吉に指示したのは玄一郎だ。夕斎の世間体を考えての処断ではあったが、妻の心の内を知りたくもあった。

「その方が夕斎の面目が立つ、て言うてはりました。これで晒しもんにならずに済んだと、礼まで言われました」

「随分と落ち着いててんのやな」

夫が女と心中したのだ。もっと怒るか嘆くかする筈だ、と玄一郎は考えていた。

「二人の仲のことは、薄々知ってたような言い草どした」

――そうどすか、とうとうそないなことに。こんなことになるんやったら、うちがきっぱり別れてたら良かった。それだけが悔やまれます――

「その口ぶりやと、夕斎から離縁の話が出ていたんかも知れんな」

「こないな話を耳にしました」

その時、小吉が冷酒の徳利(とっくり)を玄一郎の前に差し出しながら言った。

「北川夕斎て絵師、病で臥(ふ)せってたことがあるそうどす」

酒を一気にあおってから、玄一郎は改めて小吉を見る。

「一昨年(おととし)のことどしたやろか。どないな病かは分からしまへんのやけど、一度、京の画壇から姿を消してます」

「絵師を辞めていた、てことか」

「へえ。その後、半年ほど経った頃に、再び描き始めたそうどす。せやけど、これが……」

と、小吉は少し首を傾げながら言葉を続ける。

「幽霊絵どすねんか」

「美人画やないんか」

堀川端で、久我島冬吾が「美人画の絵師だ」と言っていたのを思い出したのだ。

「元々は華やかな女絵が得意やったんやそうどす。ほのかに色気のある町娘から、艶っぽい色里の女まで。美人画では月岡雪鼎が一番人気どすけどな。これを追い越すほどの勢いはあったそうどす」

「美人画の絵師が、幽霊絵師になった訳やな」

そう言ってから、玄一郎は改めて小吉に尋ねる。

「どないな絵や。おどろおどろしい、恨みつらみに歪んだ女の顔か？」

そんな物が売れるとは到底思えない。

「幽霊とはいえ、そないに怖いもんやあらへんかったそうどす。むしろ、どこか生きた女とは違う色気が、そこはかとのう漂うような……」

「見たのか？」

思わず身を乗り出した玄一郎に、小吉は小さく笑ってかぶりを振った。

「葬儀に来てはる客の話を聞いただけどす。できれば、見てみとうおすけど……」

「どうせ、わしらの手に入るもんやあらへん。肉筆の絵なら、同じもんはないやろ」

「それが、肉筆で売ったんと違うんやそうどす」

売り出したのは、かねてから付き合いのあった松永堂だった。忠兵衛は夕斎の絵を、肉筆ではなく浮世絵版画にしたのだという。

これらの話を、小吉は葬儀の手伝いに来ていた松永堂の店の者等から聞いた。

「店のもんは、先代が生きてはったら、決して浮世絵にはせえへんかったやろ、て言うてはりました。松永堂の先代ちゅうお人は、江戸の真似をするのんをえろう嫌うてはったそうどす」

京には江戸風を嫌う者も多い。天子様を戴いているという都の誇りと流儀があるからだ。

「去年、江戸で鈴木晴信て浮世絵の絵師が、『錦絵』てもんを始めたんやそうどす」

「その『錦絵』、普通の浮世絵と、どう違うんや？」

「今までの浮世絵は、墨の黒と紙の白だけの墨摺絵どす。それに比べて錦絵は、高価な絵の具を何色も使うた、それは綺麗なもんなんやそうどす。紙かて上質で、とても庶民には買えしまへん。金持ちの通人が、大金出して手にするもんやとか」

「版画やったら、何枚でも摺れるやろ」

「枚数を少のうすることで、価値を上げられます」

「松永堂は、京でその錦絵を始めようとしたんやな」

「江戸で錦絵が売り出されたのが、年明け早々。松永堂の幽霊絵は、半年後には、京の通人の間に出回ってます」

　忠兵衛が松永堂の跡を継ぎ、そこへ、お美和が夕斎の絵を持って現れた。そうして、生まれた幽霊絵は、夏の時節に合っていたこともあり、たちまち評判になった。

「北川夕斎の幽霊絵は、『逢魔刻幽女図』ていうて、四枚一組桐箱入りで銀五匁どすわ」

「なかなかの商売上手やな」

　玄一郎は感心した。

「ところで、旦那、覚えてはりますか？」

　小吉は何かを思い出したようだ。

「去年の夏、堀川端で幽霊騒ぎがおましたやろ」

　祇園祭りに浮かれた若い衆が、幽霊の扮装をして、堀川の柳の木の下に立っていたことがあった。

　目撃されたのは、日暮れ前の黄昏時、つまり「逢魔刻」だ。まだ人通りもある頃で、驚いた町人が奉行所に訴え出た。

「あの時は、東町奉行所が外回りの月番やったな」

「へえ、町方が張り込んで、捕縛してみたら若いもんの悪ふざけどした。お奉行様のきついお叱り(しか)だけで済んでた筈どす。祭りの間やし、勘弁してやろうてことで」

確かにそんなこともあったな、と玄一郎は再び杯に手を伸ばした。

「その頃どす。夕斎の『幽霊絵』が、都の金持ち連中の間で話題になり始めたのは……」

杯を持つ玄一郎の手が、ふと止まった。

「まさか、松永堂が……」

「その『まさか』やて思います。あの時、騒ぎを起こした連中は、ただの悪ふざけやのうて、松永堂に雇われていたんと違いますやろか」

「北川夕斎の絵を売るために、松永堂が一騒動を起こした、て言うんのやな」

「ええ宣伝になりますやろ。夏、幽霊騒ぎ、幽霊絵……」

「松永堂の忠兵衛か」

(相当に、したたかな男かも知れん)

一通り報告を済ませたのか、小吉はじっと黙り込んだ。

小吉は、こうして差し向かいで座っていても、決して酒を口にしようとはしなかった。玄一郎には、それが少々物足りない。もっと腹を割って話したいとは思うが、なぜか一定の距離から近寄らせないものが、小吉にはあった。

酒を勧めるのは、すでに諦めている。玄一郎は手酌で飲もうと、徳利に手を伸ばした。

すると、珍しいことに小吉の方からこう切り出して来たのだ。

「旦那、わても、いただいてよろしいやろか」

玄一郎は一瞬、ぽかんとして小吉を見た。小吉はすでに杯を手にしている。

「かまへん、飲んだらええ」

妙に胸が弾んだ。

玄一郎は小吉の杯を酒で満たしてやる。

「どういう風の吹きまわしや？」

尋ねると、グイと杯を空けてから小吉は言った。

「御隠居が、たまには玄一郎の酒の相手をしてやれ、と」

玄一郎は、ふうっとため息をつく。「隠居」とは、元与力、伊井沼孝太夫のことだ。

小吉は今も頻繁に孝太夫の許に出入りしているらしい。

「さぞ、退屈してはるんやろなあ」

孝太夫は、今でも小吉から、都で起きる様々な事件について聞いているのだろう。

その時、玄一郎はあることに気がついて、杯を置いた。

「御隠居は、かなりの書画好きやったな」

「へえ、ことに尋常ではない物が、お好みのようで……」

「『逢魔刻幽女図』を、持ってはらへんやろか」

「そうどすな」

と、小吉は考え込んだ。

「明日にでも、伺うてみます」

そう言ってから、小吉は再び黙り込んだ。

「なんや、まだなんかあるんか？」

怪訝な思いで尋ねると、「それが」と小吉は玄一郎を見た。

「葬儀で、奥方様をお見掛けしたんどすけど……」

「多恵を？」

唖然として、玄一郎は手にしていた杯を置いた。

そう言えば、昨日の夕食後、多恵は法要があるからと外出していた。

——知り合いの葬儀があるんどす。これから行ってきますさかい——

片づけもそこそこに、多恵は地味な色合いの着物に着替えると、そそくさと家を出て行った。

その話をすると、小吉は不審そうに玄一郎を見た。

「誰の葬儀かは、聞いてはらへんのどすか？」

「夕斎の件で頭は一杯やったし、それに多恵も急いでいたさかい……」

妻の多恵は、元は「緑仙堂」という茶葉問屋の娘だった。玄一郎の方が惚れ込んで妻に迎えた経緯がある。武家と町人では婚姻が許されなかったので、多恵を伊井沼家の養女にしてから娶っていた。

「奥方様は、夕斎の妻のお美和と親しいようどした」

「多恵は、お前に気づいたんやろか」

「さあ、それは」と、小吉は首を傾げた。

小吉は用意周到だ。人の会話をさりげなく耳に入れるために、町方と分からないよう心掛けている。

「奥方様は、何も言うてはらしまへんか？」

小吉が不審げに尋ねて来る。

玄一郎は、無言になった。

「旦那の方から尋ねてみはったらどうどす？」

「聞いてはみるが……」

と、小吉には言ったが、困ったという思いもある。

葬儀の後、すぐに尋ねたのならともかく、一日おいて改めて玄一郎が問えば、何か事件が絡んでいるのかと案ずるやも知れない。仕事柄、ただの夫婦の会話と行かないのが、やっかいと言えばやっかいだった。

「お美和は幾つや？」

何気なく、玄一郎は小吉に聞いた。

「三十二歳やそうどす」

三十二歳と聞いて、ふと疑問が湧いた。

「多恵は二十二歳や。幼馴染(おさななじみ)て訳でもあらへんやろ」

十歳も違えば、一緒に遊んだ仲とも思えない。

（やはり、ただの顔見知りやろう。緑仙堂の客かも知れん）

「それで、夕斎の年齢は？」

「四十一歳やとか」

「お光は？」

「十八歳どす」

「若い女に走った揚げ句、相対死か……」

思わず呟いてから、改めて小吉に視線を向けた。

「せやけど、お美和の方は二人の仲を知ってたんやろ？」

その言葉に、小吉は頷いた。

「へえ、そのようどした」

「二人の馴れ初めについては、どうや？」

改めて問うと、「そのことどすけど」と、小吉はススッと膝を進めた。

「北川夕斎の絵の師匠は、北川峰斎ていう絵師やったそうどす。お美和は、この峰斎の娘で、夕斎は北川家の入り婿なんどすわ」

師匠の娘と一緒になって、「北川」の名を継いだのだ。夕斎の方も、そう簡単にお美和を離縁する訳には行かなかったのだろう。

「それで、思い余って無理心中か……」

しかし、なんだか煮え切らない。それに気にかかるのは、夕斎が罹ったという病だ。

玄一郎は「夕斎の病」について調べるよう小吉に命じた。

「俺は、化野へ行ってみるわ」

「念仏寺どすな」

「お光の供養の金は松永堂が出すて言うてたんや。無事に葬儀が終わったか確かめて来る」

少なくとも、相対死の体で亡くなった二人だ。夕斎だけが、皆から惜しまれて見送られたのでは、お光があまりにも哀れに思えた。


その夜、いつものように風呂を済ませた玄一郎は、縁先に腰を下ろして、涼を取っていた。傍らの行灯のほのかな明かりで、蚊やりの煙がうっすらと庭先に流れて行く。白く細く流れる糸のような煙が、黒々とした紫陽花の塊の中に吸い込まれていた。虫の声が、苔の匂い立つ庭石の間から聞こえている。空は薄曇りで、月も紗をかぶせたようだ。

湯殿からは、多恵が風呂を使う音が聞こえて来る。

玄一郎は外で飲んでいても、必ず家で夕餉を取った。「笹花」に寄った時は、帰りに総菜の二、三品を包ませる。商家のお嬢様育ちの多恵は、料理はさほど得意ではない。それでも、夫婦になってからは、玄一郎のために食事を整えていた。

さすがに舌は肥えているので、すぐに上達したが、「笹花」の味付けだけは、なかなか真似できないらしい。

多恵は今夜も煮物の味を堪能しつつ、首を傾げていた。

——うちには、味醂の塩梅が難しゅうて……——

——かまへん。俺は多恵の味付けの方が好きやさかい……——

そう言ってやると、嬉しそうに顔を綻ばせながらも、少しだけ疑いの目を向けて来る。

——ほんまに、そない思うてはるんどすか——

玄一郎の方が惚れ込んで、妻に望んだ女だ。最初から家事の上手さなど求めてはいない。

そんなことよりも、女中の一人も雇ってやれない、己の薄給が申し訳ないと思う。

「冷やしたお酒でも、お付けしまひょか」

風呂上がりの浴衣姿で、多恵が玄一郎に問いかける。

「それとも、お茶にしはりますか？」

茶葉問屋の娘だけあって、多恵の淹れる茶はことの外美味い。

「かまへんさかい、ここに座れ」

玄一郎は多恵に言った。多恵は座敷から団扇を取って来ると、玄一郎の傍らに腰を下ろした。

団扇の風が心地良い。

「聞きたいことがあるんやが……」

玄一郎は庭先に目を向けたまま、その言葉を口にした。

「なんどすやろ？」

団扇で扇ぐ手を止めずに、多恵は問い返して来る。

「昨日、葬儀に行ったやろ」

「へえ、行きました」

「あれ、誰の葬式やったんや？」

団扇がふと動きを止めた。

「昔の知り合いの旦那さんどす」

再び団扇が動き出し、風が玄一郎の頬を撫で始める。

「その旦那ていうのんは、もしかして……」

玄一郎はゆっくりと多恵の方へ顔を向けた。

ほの白い明かりが、その美しい横顔を照らしている。戸惑いを見せて、やや俯いているその顔は、玄一郎のよく知っている女のものだ。湿り気を帯びた襟足に、幾本か、ほつれ毛が纏いついている。白地に紫の桔梗を散らした浴衣から、湯の匂いが漂っていた。

ふいに多恵が顔を上げた。刺すような視線が、玄一郎をまっすぐに見据えている。多恵は大人しく従順な女だ。いつも笑顔を絶やさず、静かに玄一郎に寄り添ってくれる。玄一郎の話にはいつも真剣に耳を傾けるが、あまり自分の考えは口にしない。申し分のない妻であった。身分の違いをものともせず、妻女に迎えただけのことはある、と、ずっと思っていたのだが……。

「なんぞ、事件に絡んでいるんどすか？」

きっぱりとした強い口ぶりで、多恵は言った。

夫婦になって三年が経つ。十八歳の多恵を見初め、一年後に妻にした。きっかけは、多恵の淹れた茶であった。

蒸し暑さも一段と厳しい六月の事。外勤中、あまりにも喉が渇いた玄一郎は、たまたま目に入った商家の店先で、水を所望した。

冷たい井戸水の一杯も貰えば、生き返ると思ったのだ。頼んだ女が、多恵だった。まさか大店の嬢はんが店にいるとは、微塵も考えなかった。

卵のような顔立ちに、すっと通った鼻筋。切れ長の目元とふっくらとした唇に紅をほんのりと差していたが、着ている物は、ひどく地味な紺の絣だった。

すぐに娘は奥へと引っ込んだが、水一杯なのに、なかなか現れては来ない。これにはさすがの玄一郎も苛立ちを覚えた。

店内を見回すと、大勢の客が出入りしている。店の者は男も女も忙しく立ち働いていた。

（ああ、ここは茶葉を商っているのか）と、この時になって気がついた。

そう言えば、店内には茶葉の涼やかな香りが立ち込めている。

――すんまへん、えろう遅うなって……――

やっと奥から出て来た娘が手にした盆から、玄一郎はむっとしたまま湯飲みを取り上げた。

――井戸水の一杯に、いつまで待たせるんや――

つい愚痴を吐いて、一気に飲み干す。飲み干してから、あっと小さく声が漏れた。

それは茶であった。丁寧に水で淹れた、新茶だ。湯ではなく水を使い、時間をかけて茶を淹れる。口中に広がる茶の旨味と甘味は、喉の渇きだけでなく、日中を歩き回っていた疲れまで取り払ってくれた。

――美味いもんやな――

思わず呟いた。

――茶がこないに美味いとは……――

良い茶葉なのはすぐに分かった。普段、そうそう飲めるものではない。美味いのは当然と言えば当然であったが……。何よりも、娘が玄一郎のために、心を込めて淹れてくれたのが、妙に嬉しかった。

多恵を妻にした後、なぜ、女中のような恰好(かっこう)をしていたのか問うてみた。

――うちの世話をしてくれていた婆(ばあ)やが、若い頃に着ていたもんなんどす。よう着こんであったんで着心地がええんどす――

婆やはすでに亡くなっていて、その遺品として貰ったのだ、と多恵は言った。

多恵の飾らない性格も、玄一郎は気に入った。多恵のことは何もかも、すべて知っているとばかり思っていたのだが……。

なんぞ、事件に絡んでいるんどすか……。

そう言って見つめる多恵の顔には、玄一郎が初めて目にする険しさがあった。

「なんで、事件やて思うんや？」

玄一郎は多恵の様子を窺った。

「葬儀の折、小吉さんの姿を見ましたさかい……」

どうやら小吉よりも、多恵の方が目敏かったようだ。

「お美和さんの姿を捜してたら……」

本堂の裏の庫裡で、お美和と男が話しているのを見たらしい。

「何やら深刻そうやったんで声もかけ辛うて……」

建物の陰に身を隠して、どうしようかと迷っていたのだ、と多恵は言った。

「二人が別れる時、何気のう男の顔を見たら、小吉さんやったんどす」

一人になったお美和は、その場に泣き崩れていた。多恵は思わず走り寄った。

「御亭主を亡くさはったんや。辛いのは当たり前どす。お美和さんは気丈なお人やさかい、人前で涙を見せることはあらしまへん」

多恵はお美和が落ち着くまで、寄り添っていた。

小吉の話と随分違う、と玄一郎は思った。夕斎が女中と相対死をしたと聞いても、心を乱した様子は見えなかった、と小吉は言ったが、やはり、お美和には相当こたえていたようだ。

「せやけど、お前がお美和と知り合いやったとは……」

首を傾げる玄一郎に、多恵は小さく吐息を漏らして、止まっていた団扇を再び揺らし始めた。

「お美和さんには、仲ようして貰うてました」

「その話、俺に聞かせてくれるか？」

ところが、多恵はちらりと玄一郎の顔に視線を走らせると、「嫌どす」と言ったのだ。

「嫌、て、お前……」

驚いた玄一郎は、思わず多恵の顔を見た。知り合ってから四年、これまで「嫌」と言う言葉を、多恵の口から聞いたことがついぞなかったのだ。

「小吉さんが葬儀にいてはった訳を教えて貰わんことには、一切、語られしまへん」

「小吉は町方の手下や。訳言うたら……」

言いかけて、玄一郎は口を噤んだ。

「お前には、関わりのない事や」

つい強い口調になっていた。

パタリと、団扇が動きを止めた。多恵はすっと立ち上がると、「うちは、先に休ませて貰いますよって」と、その場を去りかける。

「待て」と、玄一郎は慌ててそれを引き留めた。

再びその場に多恵を座らせると、噛んで含めるように言う。

「幾ら女房でも、御用の筋を話すことはできひんやろ」

お前も同心の妻なら、分かってくれ……。

「お美和さんは、なんぞ事件に関わってはるんどすか？」

多恵には、引き下がろうという気はないようだ。いつも見慣れていた柔和な眉（まゆ）が、妙にキリリと撥（は）ね上がっている。

「せやから、それはお前には……」

「お美和さんのことやったら、うちも知りとうおます。あのお人は、うちにとって、大事なお師匠様（ししょう）どすさかい……」

必死とも取れる眼差（まなざ）しで、多恵は声音を震わせながらそう言った。

「師匠……、やて？　なんや、それは……」

これは、本当に自分の妻か、と玄一郎は目を疑った。多恵がここまで自分の心の内をはっきり見せたのは初めてだった。

驚きもしたが、それでもやはり愛（いと）しいと思えるのだから、ここは玄一郎の完敗であった。

「分かった。せやけど、ここだけの話や。お前も町方の女房なんやさかい、けじめは付けてくれ」

多恵はやっと素直に頷いた。

「承知してます」

玄一郎は夕斎の死について、これまでの経緯を多恵に語った。夕斎と、女中のお光が相対死したこと。だが、松永堂の忠兵衛の頼みを聞き入れて、二人をそれぞれ別の水死人として扱ったこと……。

だが、その心中に疑いがあることまでは話さなかった。いずれにせよ、その話から、多恵はお美和が泣いていたことに納得したようだ。

「うちも、夕斎先生は川に落ちて亡うなったて聞きました。酒に酔った揚げ句の不運や、て。それが相対死やなんて……」

「小吉には、お美和にほんまの事を伝えとくように言うたんや」

「他の女の人との道行きどすか。お美和さんも、辛いだけやあらへんかったんやなあ」

裏切った夫への怒り、女への嫉妬……。これでは、夫の死を悲しんでいる余裕すらない。多恵はまるで我が事のように、目に涙を浮かべている。

「俺は、そないな事はせえへんさかいな」

慰めるつもりでつい口走った。

「いや、つまり、俺には多恵だけや。多恵しかおらん、てそない言いたいんや」

（なんで俺が言い訳めいたことを言わなならんのや）

なんや、おかしい……。そう思って、再び視線を戻すと、多恵は顔を背けるようにして俯いていている。その肩が小刻みに震えていた。

「笑うてんのか？」

咎めた玄一郎に、多恵は浴衣の袖で目元を押さえながら応じる。

「堪忍しとおくれやす。旦那様のお気持ちはよう分かってますよって」

そう言ってから、多恵はお美和との経緯を語り始めた。

多恵の実家、「緑仙堂」のある通りに、花の美しい庭が自慢の寺があった。寺の和尚が花好きで、自ら育てているのだ。ことに、夏の声を聞く頃には、赤や白、桃色の牡丹が見事に咲いた。八つ橋のかかった池の辺には、杜若の一群れもあった。

父親で緑仙堂の主人、徳太郎は、和尚と親しく、よく多恵を連れて寺を訪れていた。

「父と和尚様が話している間、庭の花を眺めて歩くのが好きどした」

芙蓉もあった。梔子の匂いも漂っていた。桔梗や鬼灯も、前栽の傍らに植えられていた。九月になると、菊の香りが庭中に立ち込める……。

「うちが、十の頃どしたやろか」

五月のある日、いつものように寺へやって来た多恵は、真っ先に、中庭の池へと向かった。そろそろ杜若が咲く頃だ。青紫の花が一斉に花開く姿は、なかなかに壮観だ。尖った葉先は、刃のようで少し怖かったが、どこか凛々しいその姿は、牡丹の華やかさとも違って、多恵の心を惹きつけるものがあった。

「ところが、そこに先客がいてはったんどす」

女が一人、池の端の小岩に腰を下ろして、一心不乱に何かをしている。近寄って覗き込むと、手にした画帳に、細筆で杜若の一輪を描き写しているのが見えた。

その画帳には、花の形ばかりか、花弁の表面を走る細かい筋までが、克明に描かれている。

——絵を描いてはるん？——

多恵が声をかけると、女は驚いたように振り返った。多恵の存在に気づかないほど、熱中していたようだ。

——絵を描くの、面白いん？——

再び尋ねると、女はじっと多恵の顔を見つめてから「描いてみる？」と、反対に問い返して来た。

——ええの？——

差し出された筆に目を落として、多恵は遠慮気味に女に尋ねた。女はにこりとほほ笑むと、小さく頷いてこう言った。

――かまへん。分からへんかったら、お姉ちゃんが教えてあげるさかい……――

「その女の人が、お美和さんやったんどす」

多恵はどこか懐かしそうに言った。

それから、しばらくの間、多恵は寺に通うようになった。お供をしてくれたのは、子守りの婆やのお滝（たき）だった。

雨の日は、本堂の片隅を借りて、多恵はお美和から絵の手ほどきを受けた。

だが、それもほんの三月（みつき）ほどで終わった。

実は、多恵は琴の稽古（けいこ）に行くと言って、寺へ通っていたのだ。稽古代を払いに琴の師匠の家に行った母親のお篠（しの）は、娘が長い間、稽古に来ていなかったことを知らされた。

お滝が問い詰められて困っているのを見て、多恵は自分から、琴よりも絵が描きたいのだと両親に告げた。

「それはもう叱られましたわ」

多恵はふっと小さく笑った。

「絵なんぞ、おなごのするもんやない、言うて……」

お茶にお花、お琴……、と多恵は指を折る。

「商家の娘やったら、それぐらいできるようでないと、ええ所にお嫁に行かれへん、て、そない言われましてなあ」

絵師になる夢は、その時に諦めました、と多恵は玄一郎を見た。

「せやけど、そのお陰で、旦那様の妻になれました。武家のおなごの作法を、伊井沼の義母上様に教え込まれた時、筋がええ、て褒めても貰いました」

町人の多恵は、玄一郎と婚姻するために、伊井沼家の養女になる必要があった。武家の妻は武家から娶る。徳川の世となってからは、それが決まりだった。

武家である伊井沼家の養女として、玄一郎に嫁ぐ。それで体裁は整う。婚姻が決まってから祝言を挙げるまでの一月を、多恵は孝太夫の妻女、与志の許で、武家の妻としての心得を教え込まれながら過ごしたのだ。

伊井沼夫婦には子がいなかった。養女とはいえ、玄一郎と縁ができたことを、それは喜んでいた。与志も親身になって、多恵に行儀作法を教えた。

「お前が絵師になろうと思うてたなんて、考えてもみんかった」

ため息と共に、玄一郎は言った。

（そうか、多恵にもなりたいものがあったんやな）

女ではなかったら、叶えられたかも知れぬ、絵師への夢……。

「子供の頃に、ほんの束の間、そない思うただけどす。お美和さんに比べたら……」

多恵が言いかけたその言葉には、何やら引っ掛かるものがある。

「お美和が、どないした？」

玄一郎は身を乗り出すようにして尋ねた。

「確か、北川峰斎とかいう絵師の娘やったな。弟子の夕斎が婿養子になって北川の名前を継いだ、て聞いたが……」

多恵は、その視線を庭の奥に向けた。闇の中、虫の鳴く声がやけに賑やかだ。

「お前に教えるくらいやから、お美和の絵の腕も、さぞかし良かったんやろなあ」

「お美和さんは、ほんまに上手どした。それは、子供のうちでもよう分かりました。お美和さんの描く、花も鳥も、それは生き生きしてましたし、美人絵ともなると、そりゃあ、もう……」

「美人絵も描いていたんか」

玄一郎は何気なく問いかける。

「へえ。なんでも父親の峰斎先生の絵を真似るんやとか……」

絵の稽古には、自ら題材を見ながら描く場合と、師匠の絵を手本にする場合があるのだ、と、多恵は語った。

「そうやって、筆使いを覚えるんどす」

「せやったら、お美和にも、北川峰斎の絵がそっくりに描けるっちゅう訳やな」

「そうやて思います」と言ってから、多恵は視線を落として、ぽつりと言った。

「幾らそっくりに描けても、所詮(しょせん)、そこまでどしたやろ」

「そこまで、て、どういうことや?」

「うちと同じどす」

多恵はきっと顔を上げて、玄一郎を見た。

「おなごに絵師はできひん。うちが反対されたように、お美和さんも、お父はんからそない言われたんやそうどす」

――うちが、こないして絵が描けるのも、祝言を挙げるまでなんや。北川の名前を盛り立てて行けるよう、夫を支えるのんが、うちの大事な役割なんや――

――絵は描いたらあかんの? 好きなんどっしゃろ――

――かまへん。うちは絵よりもあの人の方が好きなんや。うちの好きな人が、立派な絵師になって北川の名前を世間に広めてくれたら、それで幸せなんや――

もう絵を教えて貰われへんの……。それが、泣きそうになりながら訴える多恵に、お美和が言った言葉だった。

「お父はんの一番弟子やて人と、もうすぐ夫婦になる。せやさかい、もう多恵ちゃんに絵を教えてあげられへん、て、お美和さんはうちに言わはりました」

自分の夢も何もかも捨てて、すべてを捧げて尽くしたいと思える人……。多恵ちゃんにも、そないなお人が現れるとええなあ、と、お美和は晴れやかな顔で笑ったのだという。

「その時の相手が、夕斎やったんやな」

多恵は大きく頷いた。

「夕斎先生の名前が世に出たのも、お美和さんが裏でしっかりと支えてたお陰や、て思います。せやのに……」

多恵はぐっと怒りを堪えるように唇を噛んだ。

「他のおなごと情を交わすやなんて……。それも家の奉公人と……。お美和さんもきっと気づいてはったやろ。ほんまに夕斎先生も、酷い事をしはりましたなあ」

「それは、そうなんやが……」

と、玄一郎は言葉を濁す。

多恵がここまではっきりと自分の思いを語ったことに、玄一郎は驚いていた。考えてみれば、多恵には多恵の考えがあり、思いがある。しかし、女であること、さらに武家の妻になったことが、どうやら、多恵をがんじがらめに縛りつけていたらしい。

裏を返せば、そこまで多恵が玄一郎を慕ってくれていた、ということになるのだろうが……。

多恵の話から、お美和の夕斎への想い（おも）が分かったような気がした。

――自分の夢も何もかも捨てて、すべてを捧げて尽くしたいと思える人――

（それを、夕斎が裏切った……）

本当にあの二人が相対死なら、そういうことになる。

「お願いがおますのやけど……」

多恵が玄一郎の顔を見た。

「なんや、言うてみ」

できる限りの優しい声で、玄一郎は言った。

「しばらく、お美和さんの所へ行きたいんどすけど……」

一瞬、唖然（あぜん）とした。

「しばらく、て、どれぐらいや？」

声が少々強くなる。物見遊山で一日出かけて来る、というのとは訳が違う。

「お美和さんの心が落ち着くまで、側にいてあげたいんどす。その間、旦那様のお世話ができひんさかい、うちも迷うてましたんやけど……」

そう言って、多恵は申し訳なさそうに俯いた。

――町方御用は、命がけの仕事や。家で支えてくれるもんがいてへんと、務まらんのや――

祝言の夜、新妻の多恵に言った言葉をふいに思い出した。

多恵は生真面目（きまじめ）にその言葉を胸に刻み、それが武家の妻の習いと思い、玄一郎に仕えて来たのだろう。

夕斎の死が、町娘であった頃の自分と向き合うきっかけになったのだとしたら、少々皮肉な話だと玄一郎は思った。

いずれにしても、これまで玄一郎の妻として生きて来た多恵が、初めて己の望みを口にしたのだ。できれば叶えてやりたかった。

しかし、これが本当にただの心中なのかまだ分からない。もしかしたら、何か裏があるかも知れない。はっきりとは言い切れないだけに、多恵を巻き込むことへの恐れがあった。

縋るような多恵の目には、古い友人を気遣う思いが溢れている。

「すまんな」

しばらく間を置いてから、玄一郎は詫びた。

「お前の気持ちも分かるが、今少し、待ってくれへんやろか？」

「何か御用の筋に、お美和さんが関わってはるんどすか」

多恵の顔に不安が過る。

「それは、なんとも言えへん。分かってくれ」

玄一郎の言葉に、多恵は何かを悟ったようだった。

其の二　幽霊絵

翌日、玄一郎は嵯峨野へ向かった。多恵はいつも通りの笑顔で送り出してくれた。

西町同心の住む組屋敷を出て、西町奉行所に顔を出し、その足で下嵯峨街道に入り、後はひたすら西へと向かった。この辺りは池や沼が多い田園地帯だ。二尊院からさらに愛宕(あたご)街道を北上したところに、化野念仏寺はあった。

蒸し暑い日であった。人の姿のない寂しい場所ではあるが、周囲を覆う木々の間から吹き寄せる風が心地良い。

玄一郎は、若い身空で不条理な死に方をした上に、弔う者もいないお光が哀れだった。しかも、お光は明らかに首を絞められて殺害されている。

自ら望んだのか、男の身勝手で無理強いされたのか分からないまま、もはや事件は終わったことになっていた。

「あの娘御やったら、ええ弔いができましたえ」

寺の住職は玄一郎にそう言った。

「ここに来るのは、大抵が無縁仏さんどすよって、世間並みにはなかなか行かしまへんのや。それを顔見知りや言うだけで供養代を出さはった上に、葬儀の折も名代を寄越さはった松永堂さんは、実に律儀なお人どすなあ」

意外な気がした。お光の遺体を運んだのは町方の雑色だった。その折に忠兵衛が何がしかの金を、供養代にと託していたのは玄一郎も知っている。

それで忠兵衛は義理を果たした筈だ。幾ら顔見知りだからといって、わざわざ名代を寄越すだろうか。

「ほんまに松永堂のもんやったんか」

改めて問われ、住職は怪訝そうな顔になる。

「てっきり、そうやて思うたんどすけどな」

「どういうことや」

「わてから先に聞いたんどすわ。『松永堂はんから、来はったんどすか』て……」

すると、その男は一瞬戸惑うような顔をしてから、すぐに「そうどす。松永堂の使いどすねん」と答えた。

「今思うと、商売人には見えへんどしたなあ」

「どないな男や。年齢は、身なりは？」

「痩せた身体つきの、浅黒い顔の男どしたわ。年は、二十二か、三歳くらいで、着物は蘇芳と桑茶の太い縦縞に、桃色の細い縞が入った、なんや洒落たもんどしたわ。商人にしては、えらい派手な気ぃがしたのを覚えてます」

蘇芳は赤みの強い茶色、桑茶は黄褐色だ。さらに桃色ときては、ただの町人とはとても思えない。

「それに」と住職はさらに言った。

「ほんのりと白粉の匂いがしてましたんや」

「白粉？　化粧でもしてたんか？」

「男はんどす。化粧なんぞしてしまへん」と住職は笑う。

「その男、他に何か変わったところはあらへんかったか」

「読経（どきょう）している間中、すすり泣いてはりました」

「泣いていた？」

「へえ、声を殺して泣いてはりましたわ。終わった時には、目が真っ赤どした。側についとった小僧が、読経の間中、『すまん、すまん』て、なんや詫びてるようやったて言うてました」

　男と心中したお光に、いったい何を詫びることがあるのだろう。

「男の名前は？」

「聞いてしまへん。川に落ちて死んだ娘さんどす。ただ落ちた、て訳やあらへんやろ。自ら飛び込んだんやったら、いろいろと人には言えへん事情かておます。今さら冥途（めいど）に行ってしもうたもんの、この世でのことなど、あれこれ詮索（せんさく）したかて仕方おへん。何もかも忘れて安らかな気持ちで逝けるよう、経文を唱えてやるのが、わてらの仕事どす」

　お光が心中者の片割れだとは、この寺には伝えてはいない。

住職にお光の墓を聞くと、境内を抜けた、さらに奥まった場所の一角に連れて行ってくれた。墓石はなく、まだ卒塔婆が立つだけの新墓だ。花入れに、一輪の桔梗の花が挿してあった。

「これは、弔いに来た男が入れたもんなんか？」

白粉の匂いのする男と、お光の関わりが気になる。

「いえ、それは、昨日ここに来はったお人が挿して行かはったんどすわ。若い娘に、辛気臭いのは似合わぬだろう、そない言わはって」

「誰や、その男？」

何やら胸の内がぞわぞわして来る。

「お医者様やそうどす。名前は、確か久我島とか……」

「何しに来たんや」

問いかけた声が、ひっくり返りそうだった。

「あんさんと同じことを、聞いて行かはりましたえ」

（あの男が動いとる）

帰る間中、そのことが頭を巡っていた。やはり久我島冬吾も、あの心中事件には何かあると感じているようだ。

今回の件で、改めて久我島の動きについて考えてみた。本来、事件の真相を探るのは町方の役割だ。にも拘らず、久我島は、しばしばあらゆる事件に顔を出して来る。医者として経験を積むために、検分を手伝わせて欲しい、というのがその理由だと聞いたことがある。ならば播磨守も許可を与えているのだろうが、町方としては、あまり面白い話ではない。同心仲間の評判が悪いのも、今の玄一郎には納得できる。

組屋敷に帰りついた時には日も暮れていた。

風呂を済ませ、多恵の心尽くしの料理を口にすると、昼間の疲れもすっかり取れた気がした。軽く酒を飲んだ後、多恵に茶を淹れさせていると、小吉が訪ねて来た。

玄一郎は早速、小吉を座敷に招き入れた。

「旦那、お光の身元が分かりました」

腰を下ろすや否や、小吉はその言葉を口にする。「おお」と応じて、玄一郎は身を乗り出した。

「夕斎の家に行く前は、松永堂の女中どした」

「どういうことや?」

「今日、二条通の松永堂へ行ってみました」

小吉が店の様子を窺っていた時、丁度、古株らしい女中が一人、店から出て来た。どうやら、使いを頼まれているらしい。手に風呂敷包みを持っている。小吉は女中の後を付け、用事を終えるのを待って声をかけた。

女中の名前は、お巻と言った。先日の夕斎の葬儀の折、弔問の客に茶を出していた女だった。年齢は三十歳を幾つか超えたぐらいだ。

――お巻さんやおへんか？　珍しいところで会いましたなあ――

――あんさんは、夕斎はんの葬儀で会うた、寺男の与吉はん……――

お巻は驚いたように目を瞠り、それからわずかに頬を染めた。

小吉は寺の下男として、お巻に近づいたのだ。

最初は多少警戒していたお巻も、二度目ならば口が軽くなる。小吉は近くの水茶屋へお巻を伴うと、名物の団子と茶を頼んでやった。

――北川夕斎はんの葬儀、大変どしたなあ――

小吉は茶を啜りながら、労るようにお巻に言った。実際、夕斎の名声を示すように、絵師仲間や、顧客らしい商家の主人が多く詰めかけていたのだ。

松永堂の奉公人が、男女合わせて六人ほどいたが、接待役は、このお巻と若い女中の二人きりだった。

──ほんまに、忙しゅうおした。与吉はんのお陰で助かりましたわ──

見かねた振りをして、小吉はお茶出しを手伝った。

──他に接待のできる女子衆は、いてはらへんのどすか──

尋ねると、お巻はほっとため息をついて、こう言ったのだ。

──こないな時、お光でもいてくれたら……──

──お光さん、て、松永堂のお人どすか──

思いもよらなかった名前を聞かされ、さすがに小吉も驚いた。改めて問い直すと、お巻は「お光」について話してくれた。

お光は十二の年に松永堂に女中奉公に入り、二年ほど前に店を出ていた。

──店をやめはったんどすか?──

さらに問われて、お巻はわずかに首を傾げながらこう答えた。

──なんや、割のええ奉公先を旦那様から紹介してもろうたんやそうどす──

お光は早くに二親と死に別れた後、十二歳になるまで親戚の家で育てられていた。松永堂で奉公するようになってから、幼馴染の男と偶然に出会った。懐かしさから、二人はしばしば逢うようになり、やがて将来を誓い合う仲になった。松永堂に来た頃からよく面倒を見てくれたお巻に、お光はそのあたりの事情を話していたらしい。

――新しい奉公先がどこか、聞いてはらしまへんか――

小吉が尋ねると、お巻は困惑したようにこう答えた。

――言われへんのやそうどす。せやさかい、お給金がええんや、て――

口にできない奉公先と聞いて、お巻は心配になった。だが、お光はケロリとしてこう言った。

――旦那様が持ってきはった話どす。怪しい所とは違うさかい、安心しておくれやす。あちらに、何やら深い事情でもあるんどすやろ。とにかく、うちは一日でも早うお金を貯めなあかんのどす――

――お光は金を貯めて、どないするつもりやったんどすか？――

小吉が尋ねると、お巻は少しばかり呆れたような顔をした。

――そら、あんた。惚れた男と一緒になるんどすがな――

「お光の年齢は？」

玄一郎は尋ねた。

「今年で十八歳やそうどす」

相対死の女と、名前だけでなく年恰好も同じだ。

「恋仲やていう男は……」

「役者で、名は卯之吉」

「役者、役者か……」

　思わず呟いた。お光と恋仲の男と、松永堂の名代を騙って、お光の葬儀に来ていた男。

（住職は、白粉の匂いがしたと言うていたが……）

　身なりからして、役者だとすれば納得が行く。「すまん」と詫びていた理由は分からないが、お光と恋仲であったのなら泣いていたのも頷ける。

「卯之吉は、小さな芝居小屋の女形やったそうどす。人気がそれほどある訳やないし、お光と二人で、いずれは小料理屋を出そうて話になってたんやとか」

「つまり」と、玄一郎は腕組みをする。

「松永堂が、お光を夕斎の家の女中にしたてことやな」

　そう言ってから、「卯之吉には当たってみたか」とさらに問いかける。

　小吉は待っていたかのように、すぐに答えた。

「お巻さんから聞いた芝居小屋へ行ってみました。せやけど、つい、二、三日前に小屋をやめてます」

「どこへ行ったか分からへんのか」

「小屋主も、そこまでは知らんそうどす」

「それにしても」と、玄一郎は首を傾げる。

「なんで、忠兵衛は、お光が松永堂にいたことを言わへんかったんやろ」

　遺体の上がった堀川端で、忠兵衛は、夕斎の家の女中のお光、としか言わなかった。

　しばらく二人は無言になったが、やがて、小吉が躊躇いを見せながらこう切り出した。

「こちらの組屋敷に来る前に、あの医者に会うたんどす」

　医者、と聞いて、なんだか嫌な予感がした。小吉の方も、玄一郎の胸の内を察していたものか、言い難そうな様子で話を続けた。

「久我島冬吾先生どす」

「やっぱり、何やらこそこそと嗅(か)ぎまわっとるんやな」

　玄一郎は独り言のように呟く。

「久我島先生は、旦那を訪ねようとしていたそうどす。せやけど、わてと会うたもんやさかい……」

——榊殿は私が気に入らぬようです。小吉さんから伝えて下さい——

「よう分かってるやないか」

玄一郎はふんと鼻を鳴らす。

「それで、あの男の言伝(ことづて)て、なんや?」

「北川夕斎が罹ったていう病のことどす」

「分かったんか」

玄一郎は思わず声を上げた。

「中風(ちゅうぶ)、やそうどす」

小吉は眉一つ動かさず、玄一郎をじっと見据えてそう言った。

「中風、て、お前……」

突然倒れて、身体が動かなくなる病だ。手も足も思うようにならず、しゃべることもできず、そのまま死に至ることもあるという。

「確か、一昨年のことやったな。夕斎が、病で画壇から消えたんは……」

「へえ、それから半年後には、例の幽霊絵を描いてます」

「右手だけでも動くようになったんやないか。あるいは、左手が利き手なんかも知れん」

「久我島先生が言わはるには……」

小吉の話は続いていた。

「中風に罹った者が、半年やそこらで再び筆を握れるとは到底思えぬ、と……。夕斎は利き手の右腕が、ほとんど動かへんかったようどす」

「せやったら、例の幽霊絵は誰が描いたんや？」

玄一郎はそう言ってから、あっと声を上げていた。

「お美和や。お美和なら、絵が描ける」

多恵が言っていたではないか。絵師は、師匠の絵を真似て筆法を学ぶ。ならば、夕斎の絵を真似れば……。

「多恵は子供の頃、お美和に会うとるんや。どうやら、絵を教えて貰うてたらしい」

「夕斎の名を借りて、お美和が絵を描いていたということどすやろか」

小吉も驚いている。

「あり得るかも知れん」

「ほな、偽絵(にせえ)どすな」

小吉は声を落として言った。

「『逢魔刻幽女図』は、北川夕斎の名で売り出されとる。これが偽絵やとすれば、松永堂がどう関わって来るんか……」

玄一郎は両腕を組んだ。

「知っていたとしても、お美和に騙されたんやて言うたら、それまでどす」

小吉の言葉ももっともだ。

「お美和が夕斎の手を真似て描いたんやとしても、その違いが分からへん限り、どないしようもあらしまへん」

あくまで北川夕斎が描いたものだと言われては、とうてい否定できない。

「こうなると、夕斎がお光の首を絞めて殺し、二人の身体を紐で結わえて川に飛び込んだのも、身体があんじょう治ってた証しや、てことになりますなあ」

その言葉に、一旦は頷いた玄一郎だったが、再び小吉に目を向ける。

「夕斎の病が治ってなかったとしたら、誰がお光を殺したんや」

お光は、明らかに両手で首を絞められていたのだ。

「それだけやあらへん」

玄一郎はさらに言った。

「身体が動かん夕斎は、どうやってお光を川まで運んだんや」

「誰ぞ、手伝うもんがいてたてことどすやろか」

「無理心中の手伝い、か？」

玄一郎はじっと小吉を見つめる。

「せやったら、無理心中、とは言わしまへんな」

「もし、二人の死出を手伝うとしたら……」

「松永堂の忠兵衛が、怪しゅうおます」

すかさず小吉は言ってから、さらにこう続けた。

「今から思うと、何もかもが松永堂の筋書き通りに運んでます」

身元の分からない心中者の前にいきなり現れ、それが北川夕斎と奉公人の女であることを告げた。

さらに、二人の仲を問うた玄一郎に、「わての口からは言われしまへん」などと、思わせぶりな返事をしている。

「忠兵衛が二人を殺して、相対死に見せかけたか」

しかし、ならば、なぜ忠兵衛は、あの場で自ら名乗り出たりしたのだろうか？

「それに、わざわざ心中にせんでも……」

死体を始末するには、他に方法もあるだろう。

「遺体が上がるのが遅ければ、身元の割り出しも難しゅうなります」

しばらく考え込んでから、小吉が言った。

確かに、時間の経った水死体は目も当てられない。

「松永堂の果たした役割は二つどす。遺体を早く引き上げることと、相対死の体裁を解いて、夕斎の名誉を守ること」

ますます謎の糸は絡んで行くばかりだ。

「それで、無根樹堂の御隠居の方はどうやった？」

手掛かりは、夕斎の描いたという幽霊絵だ。

「夕斎の幽霊絵は、持ってはったんか」

「二日ほど待って欲しいそうどす。手元にはないが、当てはある、て、そない言うてはりました」

孝太夫は趣味が多いだけあって、人付き合いも幅広い。書画好きの仲間もいる筈だ。

（期待はできる）

それから、玄一郎は改めて小吉に視線を向けた。

「後は、お美和が夕斎の名前で絵を描いた証しがあればええんやが」

「旦那、そのことどすけど……」

小吉は二人の間にあった膳を脇に避けると、スス ッと膝を進めた。

「奥方様が、何か知ってはるんと違いますやろか？」

「多恵が、何を知っていると言うんや？」

玄一郎は戸惑いを覚える。

「お美和のことを、『絵の師匠』とまで言うてはるんどす。奥方様やったら、お美和が描いたものかどうか見抜けるかも知れまへん」

それを否定するように、玄一郎は強くかぶりを振った。

「絵を描いていたのも、ほんの子供の時や。俺と一緒になってからも、絵筆の一本も、持ってる姿は見たこともあらへん。それよりも、多恵が絵師になりたがっていたことを聞いて、驚いたぐらいや」

まるで、見知らぬ女が目の前にいるようやった、と、玄一郎は言った。姿形はそのままに、どこか別の女が、多恵の身体の中に入り込んででもいるような……。

「他人と違うて、夫婦はいつも一緒にいてる。一つ屋根の下で、共に飯を食い、共に語ろうて、共に眠る。一年も経てば互いに馴染み、相手のことは、心の中まで分かるようになる。それが夫婦や、て今まで思うてたんやが……」

「違うてはったんどすか？」と、小吉が問うた。

「独り身のわてには、よう分からしまへん」

「多恵が嘘をついていた訳でも、俺を騙していた訳でもあらへん。俺の方が、多恵を分かっていなかったんが、少々情けのうてな」

考えてみれば、知ることはできたのだ。町人と武家の暮らしは違う。大店の娘として、多恵には多恵の楽しみがあり、好きなことがあった筈だ。武家の妻になるために、多恵はそれらのすべてを捨てた。玄一郎が尋ねない限り、多恵はかつての暮らしぶりを自ら語ることはしない。

「なあ、小吉」

と言ってから、玄一郎は声音を落とした。

「夕斎とお美和、いったい、どないな夫婦やったんやろなあ」

小吉はかすかに笑って、空になっていた玄一郎の杯にゆっくりと酒を注いだ。

二日後の昼下がり、玄一郎は、二条室町通を南に下がり、さらに西に入ったところにある一軒の町屋の前に立っていた。この家は角地にあり、その分、敷地も広い。孝太夫が買い取る前は、とある商家の別宅だったとかで、造作もなかなか凝った物だ。門がやや高い位置にあり、横幅のある石段を三段ほど上がる。家の周囲を土塀で囲い、瓦の屋根の上からは、立派な松や梅の枝が、傘を差すように突き出していた。

格子の遣り戸がついた門も、瓦で葺いてある。屋根の下には、やたらと堂々とした杉板の扁額が掛けられていて、横書きで「無根樹堂」と大書してあった。

書いたのは、勿論、伊井沼孝太夫だ。

——無根樹とは、枝、葉、幹、根、すべて落とした後に残る真実のこと——

なのだそうだ。出典は、唐国の古い書物だとかで、孝太夫はこの言葉をことに好んでいた。

玄一郎は遣り戸を開け、一歩中に踏み込んだ。門から玄関へは、苔に縁取られた飛び石が続いている。それを伝って行くと、青々と葉を茂らせた楓の木があった。その傍らには、岩を穿って作った蹲が置かれ、湧き水が竹筒を通って流れ込んでいる。

この水で茶を淹れると実に美味い。そのため、多恵はよくここの水を貰いに来ていた。

庭に入ると、たちまち通りの喧騒が消えた。京の町屋とは思えぬほど森閑とした佇まいだ。

玄関口で声をかけると、しばらくして、しとやかなすり足が聞こえて来て、孝太夫の妻、与志が現れた。

五十歳になるというが、鬢にわずかに白髪が交じっているだけで、肌の色艶も良い。

「すっかりご無沙汰してしまい……」

「よう来てくれはりましたなあ」

玄一郎の挨拶を最後まで待たず、早う上がれと与志が促す。

ふと見ると、三和土に男物の草履が脱いである。

「客がいてはるのでは?」

問うと、「玄一郎さんもよう知ってはるお人どす」と、与志はホホと笑った。

庭全体が濃い。茂った庭木の枝葉を通して、午後の陽射しが差し込んでいた。夏の陽光を受けて、軒先の簾が影を落としている。緑の濃淡の中に、桔梗の青が点在し、純白の花を無数に付けた梔子が、ほのかな匂いを漂わせていた。

すぐ近くには、大きな百日紅の木があり、薄紅色の花房を風に揺らしている。

前栽の平たい岩の上に、粟の入った小皿が置いてあり、十数羽の雀が無心にそれを啄んでいるのが見えた。

(確か、水墨画を始めたとか言うてはったな)

雀を餌付けして、描くつもりらしい。鶏を飼おうとして、与志にひどく反対されたという話を、以前、多恵から聞かされていた。草木の花芽を食べてしまう、というのがその理由だった。

廊下の角を曲がって、奥の座敷に目をやった時、障子の開け放たれた部屋の中に、二人の人物の姿が見えた。

小柄で宗匠頭巾（そうしょうずきん）を被っているのが、伊井沼孝太夫だ。孝太夫は片手で顎鬚（あごひげ）を撫でている。

彼は与力を辞してから、顎に鬚を伸ばすようになっていた。

「お待たせいたしました」

廊下に座り、玄一郎は頭を下げた。それから、ゆっくりと顔を上げる。

「そない畏（かしこ）まらんかてええ。早う入り。これが、お前さんが見たがっていたもんや」

横向きで座る孝太夫の向こうに、一人の男の姿があった。そこはやや薄暗く、すぐには誰なのかよく分からなかった。

両膝を進めて部屋に入った玄一郎は、その人物に目をやってから、思わず固まってしまった。

「なんで、あんたがここにいてるんや？」

口をついて出た声が、今にも裏返りそうだ。

そこには、久我島冬吾がいた。

「こちらに、榊殿がお見えになると聞いたのです。夕斎の浮世絵があるとか……」

久我島はにこりと笑う。

「わしが小吉を使いにやったんや。例の相対死のことは、小吉から聞いとる。冬吾先生も関わっとるそうやな」

「お二人は、知り合いやったんですか？」

　玄一郎は孝太夫に尋ねた。

「播磨守が西町奉行にならはったんは、わしがまだ与力をやっていた頃や。与志の身体の調子が悪うてな。それを知った播磨守が、冬吾先生を寄越してくれはったんや。先生とはそれ以来の付き合いや」

（そういえば……）

　考えてみれば、そんなこともあった。多恵もしばらくここへ通って来ていたのだ。

「本当のところ、目当ては与志殿の手料理でして……」

　脇から久我島が口を挟んだ。

「お二人の事情は分かりました。話の続きを……」

　さりげなく、玄一郎は話を元に戻す。孝太夫が再び口を開いた。

「小吉から幽霊絵の話を聞いた。知り合いに尋ねてみたら、丁度、手に入れたお人がいてはってな」

　古物商を営む「魅山堂（みせんどう）」が所有していたものを、借りて来たのだという。

「それが、この絵や」

孝太夫は傍らに置いていた布包みを解いた。中には、縦一尺五寸（約四十五センチ）、横一尺（約三十センチ）ほどの大きさの桐箱が入っている。箱の厚みは、二寸（約六センチ）もないだろう。

蓋（ふた）を開けると畳紙（たとうがみ）が目に入った。四枚の錦絵が、一枚一枚、畳紙を挟んで入れられていた。

絵の大きさも、ほぼ箱と変わらない。

孝太夫は、四枚の絵を畳の上に並べた。

「これが、『逢魔刻幽女図』や」

その言葉を合図に、玄一郎は絵を覗き込んだ。

舟が行き交う川の辺に、一人の女が佇（たたず）んでいた。魔物に逢うといわれる黄昏時、一人の女が、川風に揺れる柳の木の下で、そっとこちらを窺っている。結い上げた髪が乱れ、ほつれ毛が纏わりつく白い顔。横顔を見せながらも、目はしっかりと見る者を捕らえて離さない。

色彩は遠い空にわずかな茜（あかね）色を残して、薄い青から群青（ぐんじょう）へと、手前に行くほど濃くなっていた。

その中に浮かび上がる女の姿は、着物も髪すらも白々として、まるで色を抜かれたかのようだ。

「悲しげな絵やな」

ぽつりと玄一郎は呟いた。女の顔はただ白く儚く、今にも消え入りそうで、それでいて、どこか扇情的ですらあった。

四枚の内の三枚は、身体の向きや角度をわずかに変えただけのものだ。着物の柄すらも同じだ。ただ過ぎて行く時間を表すように、空の色が微妙に変化している。

明るさの残る空から、しだいに迫り来る闇の色へ……。

玄一郎は四枚目に視線を移した。その瞬間、背筋にぞっと冷たいものを感じた。

女の姿は消え、宵闇の中に一本の柳の木があるだけだ。その柳の後ろから、女の片腕が突き出ている。

腕は、まっすぐにこちらへ向かって伸びていた。

もし、女の手をつかめば、幽界へと引き込まれてしまうのか、それとも……？

「まさしく、これは幽霊絵や」

ほうっと吐息を漏らして孝太夫が言った。玄一郎は顔を上げて、久我島を見た。

ところが、久我島は何やら考え込んでいる風だ。

「おい、先生」

声をかけると、久我島は我に返ったように、二人に視線を戻した。それから、おもむろに絵の一枚を指で示した。

「小袖の柄を見て下さい」

色合いが薄く、はっきりしないが、どうも市松模様のようだ。裾には鳥の絵らしきものが描かれている。

「この市松柄がどないしたんや」

怪訝な思いで玄一郎は尋ねた。

「堀川で死んだ、北川夕斎の小袖の意匠に似ているのです」

「そういえば、派手な小袖やったな」

「忠兵衛から聞いたのですが、北川夕斎が一番好んだ小袖なのだそうです。図柄は夕斎自身の意匠だとか」

久我島の言葉に、玄一郎は再び絵に見入った。孝太夫も顔を近づけている。

「どう思われますか？　この裾の部分に描かれている鳥は……？」

鳥の周りには水輪もあり、水鳥のようにも見える。

「これは、鴛鴦（おしどり）やないやろか」

と、孝太夫が呟いた。

「鴛鴦は、もっと華やかな鳥と違いますか？」

「鴛鴦の雌なのです。夕斎が着ていた小袖には、雄の鴛鴦がありました」

久我島は強い口ぶりになる。

「そう言えば、そうやったような……」

玄一郎もやっと思い出していた。

「鴛鴦て鳥は、仲のええ夫婦に喩えられる。雄がいるなら、雌もおらんとあかん」

孝太夫に言われて、玄一郎は思わず「あっ」と声を上げた。

「お光が着てたんは、紺の絣やった。相対死するような仲やったら、番でないとあかんのと違いますか」

それに、お光には恋仲の男がいた。役者の卯之吉だ。念仏寺に現れたのは、その男だ。夕斎は、死んで添い遂げようと、自ら殺したお光の遺体を抱いて堀川に沈んだ。最初は、それが心中事件の顛末だと、玄一郎は考えていたのだが……。

「夕斎にお光は殺せへん」

玄一郎は断固とした声で言い切ると、改めて久我島に目を向けた。

「小吉から聞いたわ。夕斎は中風を患うてたそうやな」

「あの病に罹ったんやったら、二度と絵は描けんやろ」

孝太夫が憐れむように言った。

「私が最初に気になったのは、夕斎の小袖でした」

久我島が切り出した。

「あまりにも派手で、これから死のうとするには不向きのような……」

それは玄一郎もおぼろげに感じていた。

「しかも、松永堂は、あの小袖に見覚えがあると言いました」

久我島は話を続ける。

あのはっきりとした市松の柄が目印になったと、忠兵衛は言ったのだ。

「松永堂は、あまりにも都合良くあの場に現れました。そうして、夕斎の醜聞を隠すための手立てを打った」

「今となっては、あの時のあんたの判断は正しかったように思う。認めとうはないが……」

玄一郎はもごもごと語尾を濁す。

「私も確信は持てませんでした。ただ、松永堂がすべてを知っているような気がしたのです」

「それで、奴の筋書きに乗った、と？」

久我島は「いかにも」と言うように頷いた。

問い質したとしても、すぐに本心を語る筈はない。そこで……。

「向こうの言う通りに事を運びました」

――本来守るべき御法を破ってまで、融通を利かせるのです。当然、見返りはあるのでしょうね。こちらも御奉行に話を通さねばならぬゆえ……――

堀川端で、久我島は忠兵衛にそう囁いた。

――へえ、ありがたいことどす。なんなりと言うておくれやす。入用の物は用意しますさかいに――

「実は、私もお見せしたい絵があるのです」

久我島はそう言うと、傍らに置いていた細長い桐箱を手に取った。

「松永堂からの頂き物です。つまり、入用の物……」

どうやら、忠兵衛に融通させたのだろう。

「あんた、それは強請りやないか」

玄一郎はすっかり呆れ果てる。

「おお、それは是非見てみたい」

意外なことに、元与力は子供のように興味津々の様子で身を乗り出している。

「伊井沼様、幾らなんでも、この男のやっていることは……」

さすがに許せぬ、と声を上げた玄一郎を「まあまあ」と制して、孝太夫は宥めるようにこう言った。

「わしはもう与力やない。ただの物好きの爺じゃ。目の保養は長生きの元。お前さんも、そう堅いことを言わんでも……」

「とにかく、まずはこれをご覧ください。私を捕縛するのなら、その後に……」

久我島は箱の蓋を開けた。

箱の中には掛け軸が入っていた。徐々に広げて行くと、たちまち色調の明るい美人画が現れた。

「これは幽霊絵を描く前の北川夕斎のものです。榊殿は、これを見てどう思われますか」

玄一郎は目を凝らして絵に見入っていたが、やがて観念したようにかぶりを振った。

「いったい、どこをどう見比べたらええんや。片方は生きている女で、もう一方は幽霊、ぐらいしか……」

「手やな」

そう言って、孝太夫が頷いた。

「筆の使い方、即ち筆法や。人物を形作る線の太さ、髪の毛の描き方、顔の造作……」

そう言いながら、孝太夫は、幽霊絵の一枚目を手に取って、美人画の隣に並べて置いた。

「版画は肉筆画と違うて、板に彫って作る。つまり、彫師と、色を入れる摺師の手が間に入るんや。そのため、肉筆画と全く同じという訳には行かん。それを差し引いたとしても、ほぼ、これは同じ絵師が描いたもんに見える」

きっぱりと言ってから、孝太夫は腰をうーんと伸ばした。

「私は、幽霊絵を描いたのは、夕斎とは違うと思います。手や筆法がどうのて言うより、中風の夕斎に描ける筈があらへんのです」

玄一郎は声音を強めた。

「せやったら、誰が描いたというんや？　そりゃあ、他人の絵を真似るぐらいは、そこそこの絵師ならできるやろ。せやけど、筆法までそっくりそのまま、ていうのんは、並の絵師とは思えへん」

「私はお美和が描いたんやないか、と思うています」

玄一郎は孝太夫の疑問に答えると、多恵から聞いた話を二人に語った。

お美和の父親が、北川峰斎という絵師であったこと。絵師にはなれなかったが、お美和もまた絵を描いていたこと。さらには……。

「お美和は、父親の峰斎の絵をそっくり写せるほどの腕を持っていたんやとか……」

「ならば、病で筆を持てぬ夫の代わりに、夕斎の名前で絵を描くこともできますね」

「つまり、偽絵（にせえ）という訳やな」

ふむと、孝太夫は顎鬚に手をやった。

「ただ真似ただけではありません。お美和の描いた絵を、北川夕斎の名前で売ったとすれば、これは、『騙（かた）り』になるかと……」

咎（とが）ではないか、と久我島は言う。

「そのことやが……」

と、孝太夫は眉を顰（ひそ）めた。

「松永堂は、今度『北川夕斎』の遺作を売り出す気でいるらしい」

――夕斎の絵を愛（め）でてくれはるお人の手に渡れば、先生の供養になります――

それが忠兵衛の言い分だったが、一点に付き、相当な金が動くとなると、情よりも欲の方が勝って見える。

「残された夕斎の肉筆画は、ほとんどが幽霊絵やそうや。『美人画』だけやのうて、

『幽女図』にまで幅が広がったとあっては、欲しがるもんかて多いやろう」

その話は、「幽女図」の持ち主、魅山堂の音兵衛(おとべえ)から聞かされたのだという。

「奇妙講(きみようこう)、て言うてな」

孝太夫は再び口を開いた。

「なんや変わったもんを欲しがるもんの集まりがあるらしいんや。そこでは、珍しい書画骨董(こっとう)を高値で売り買いするそうや。この世に二つとないもん。肉筆の絵はまさにそれや。しかも幽霊絵やとなると、松永堂もええ商売になるやろ」

音兵衛も、その奇妙講に関わっているらしい。

「松永堂は、北川夕斎の名で儲(もう)ける気でいるようや。それが本物の夕斎ならば、ただの商売上手で済むんやろが……」

「お美和の描いたものだとしても、それが偽絵だという証しがなければ、夕斎の絵として、世間では通ってしまいます」

久我島はそう言って、ゆっくりとかぶりを振った。

「だいたい今回の件の始まりは、何やったんや？」

孝太夫が尋ねた。

「まずは、夕斎と女中のお光の心中事件です」

玄一郎は孝太夫に話し始めた。

「その辺のあらましは、小吉が絵について尋ねて来た折に聞かせてくれた。お前たち二人が、それに疑念を持っておることもな」

「中風の夕斎に、お光を絞め殺すことはできません。ならば、誰がお光を殺したのか。なぜ夕斎まで死なねばならなかったのか。二人の死に、松永堂はどのように関わっているのか……？」

玄一郎は一つ一つ考えながら、言葉を並べて行った。

「それに加えて、お美和です。どうやら、夕斎の代わりとなって絵を描いていた。松永堂は、明らかにそれを知っています。北川夕斎が死んでもっとも得をするんは、この松永堂や。そうなると、お美和の本心はいったいどこにあるのか……」

玄一郎はすっかり困惑していた。

「いったい誰がお光を殺したのでしょうか」

久我島が不思議そうに首を傾げた。

夕斎が中風を患ったままならば、お光を殺すことはできない。首を両手で絞めて殺しているからだ。さらには、自らの身体をお光と結び付けることも無理な話だ。

こうなると、お光の死の理由が分からない。

「あんたも化野の寺へ行ったんやろ？」

玄一郎は視線を久我島に向けた。

「ええ」と言うように頷いてから「やはり、あなたも行かれましたか」と、久我島は応じる。

「誰にも見送られないままでは、哀れだと思いましたので……」

「葬儀に男が来た、て話を聞いたやろ」

「お光と顔見知りのようでしたが……」

訝しそうに玄一郎を見ると、久我島は「何か分かったのですか」と聞いた。

「おそらく、卯之吉ていう役者崩れやろう。お光は元々松永堂の奉公人やった。その上、お光と卯之吉は夫婦約束をした仲や。一緒になるためには、金がいる。お光は夕斎の抱える事情を知っていた。もしかしたら、それをネタに、夕斎を強請ったのかも知れん」

「それで、夕斎がお光を殺したと言われるのですか。しかし、それができぬことはすでにご存じの筈……」

久我島に改めて指摘され、玄一郎はううむと唸った。どう考えても、夕斎が、お光を殺したとは思えない。いや、殺したくても、身体が動かない。

「もし、その場にお美和がいたとすれば、どうなります？」

ふと、思い立ったように久我島が言った。

「止めるやろう。夫に人殺しをさせたい妻なんぞいてへんさかい」

と、玄一郎が言った時だ。

「その逆やったら、どうや？」

孝太夫が口を挟んだ。

「逆、て……。お美和がお光を殺した、と言わはるんですか？」

玄一郎は唖然として、孝太夫を見た。

「もしかしたら、の話や。お美和は夫を思うあまりに、身代わりとなって絵を描いた。おそらく、北川夕斎の名前を守ろうとしたんやろう。夕斎が中風に罹ったことを知るもんは、ほんのわずかや。松永堂と、それに……」

「お光」と玄一郎は呟いて、さらにこう続けた。

「しかも、お光を夕斎の家に送ったのは忠兵衛です。元々、お光は松永堂の女中やったんです。そのお光は堅く口止めされていた。そのため給金も良かった」

玄一郎の言葉に、孝太夫は再び口を開く。

「卯之吉は、お光から夕斎の病と、お美和が夕斎の名を騙って、絵を描いたことを聞き出した。二人が一緒になるためにも、纏まった金を手に入れようと、卯之吉がお光を焚きつけ、お美和を強請った」

——北川夕斎はもはや絵は描けへん。夕斎の名前で描いているのは、お美和さん、あんさんどすやろ。もしこの事が世間に知れたら、あんさんは罪人や。絵師、北川夕斎の名前にも傷がつきます。それが嫌やったら……——

「そない言われて、頭に血が上ったお美和が、お光の首に手をかけたとしたら」

孝太夫は、玄一郎と久我島の顔を交互に見る。

お光の葬儀に密かに現れ、「すまん、すまん」と泣きながら詫びていた男……。その男が卯之吉なら、確かにその筋書きは納得がいく。

「もし、お美和がお光を殺したんやとしたら、夕斎はどないなります？　夕斎まで命を落としているのです。お美和が関わっているとはとても思えません」

玄一郎は声音を強めて言った。すると久我島が口を開いた。

「夕斎は水を飲んでいました。明らかに生きたまま入水しています。夕斎自身が心中に見せかけようとしたのでは？」

「何者かがお光を殺し、それを隠すために、夕斎は遺体を抱いて飛び込んだ、と？」

いくらなんでも、それはあるまい、と、玄一郎は否定する。

「もし、夕斎が命がけで罪を庇うとしたら、それは、いったい誰や？」

孝太夫が言った。

「男が栄誉も命も捨てて、守ろうとするのは……、誰や」

孝太夫の眼差しが、玄一郎を射貫く。

思わず「あっ」と叫んで、玄一郎は立ち上がっていた。

「これから、お美和に会って来ます」

勢い込んで、玄一郎は言った。

「いずれにせよ、松永堂が事情を知っていると思います」

玄一郎は強い口調でさらに言い切った。

「都合良く堀川に現れ、仏の身元を教えてくれた。その上、『晒しもんにするのは酷い』て訴えて、御法破りまでさせました」

「それに、卯之吉て男やな」

孝太夫がおもむろに言った。

「その男、今どないしてるんや？」

「姿をくらましてます。小吉が追っているところです」

無根樹堂を出た玄一郎は、ひたすら壬生村へと急いだ。堀川沿いを南に下り、四条通の橋を渡った頃には、なだらかに横たわる嵐山の山際が、わずかな青を残して朱墨の波に覆われていた。ここまで来ると蟬の声が一層賑やかになる。

夕斎の家は、壬生寺からさらに西へ向かった、仏光寺通と南北に走る千本通が交わる辺りにあった。ぽつりぽつりと人家が建っている。その中の一軒が、夕斎とお美和の住まいだった。

周りを生垣で囲まれている。観音開きの小門があり、「忌中」と書かれた紙が貼ってあった。門は押せば、すぐに開いた。内側から閂が掛けられていなかったのだ。

中へ入ると、主屋に向かって石畳が続いている。絵師の家らしく趣向が凝らしてあるらしい庭も、今は青い闇の中だ。

急いだので、額から汗が流れ落ちた。木々の枝葉を通って吹き付ける風が、しばしの涼を呼ぶ。

声をかけようとして、縁先に座る人影に気がついた。女のようだ。おそらくお美和なのだろう。明かりも灯さず、ただ暮れて行く空を眺めている。

夕焼けに染まっていた朱色の雲の波も、山々の向こうに引いて行き、星が一つ二つ、瞬き始めていた。

「お美和さんやな」

玄一郎は女の方へ近づいて行った。

「どなたはん、どすやろ」

お美和の顔が動いた。白く浮き上がったその顔が、どこか幽女図を思わせる。

「西町奉行所の榊玄一郎、てもんや」

「お奉行所の……」と呟いてから、すぐに「ああ、多恵さんの御亭主どすな」と、お美和は言った。

「知ってはるんか?」

「夕斎の葬儀の折、多恵さんから聞いてます」

「せやったら、正直に話してくれへんか。多恵が子供の頃、世話になったて聞いとる。できるかぎり、便宜(べんぎ)は図るさかいに……」

「多恵さんの御亭主に嘘は言いしまへん」

お美和はそっと笑った。

「なんでも聞いておくれやす。そのつもりで、あんさんを待っていたんどす」

(覚悟は、できとるんやな)

玄一郎は胸に呟くと、さっそく切り出した。

「お光を殺したんは、あんたやな」

すると、お美和は「そうだ」というように小さく頷いた。

予想していた通りだ、という思いもあったが、何よりも、その理由を知りたかった。

「いったい、お光との間に何があったんや」

「お光さんは、それは良う働いてくれてました」

お美和はおもむろに語り始めた。

「夕斎の代わりに絵を描くようになってからは、うちは、それが楽しゅうて……。つい夢中になって時も忘れて描くようになりました」

その間、お光は家事だけでなく、身体の不自由な夕斎の世話まで嫌がらずにやってくれた。

──奥様、お給金は松永堂さんから充分貰うてます。せやさかい、心置きのう、うちを使(つこ)うて下さい──

「ほんまに、ええ娘さんどしたんや」

「そのお光を殺したんや。いったい、何があった?」

「うちは……」

と、お美和は庭へ視線を向けた。すでに日も落ち、庭の片隅にはぽっかりと闇が口を開いている。そこには小さな池があった。池の傍らには、菖蒲の一群れがあり、青い闇に溶け込むように咲いている。

「うちは、ただ、守りたかったんどす」

「守る、て。何を？」

「北川夕斎の、名前と、名声を……」

お美和の話は妙に辻褄が合わない。玄一郎に語っているというよりも、ただ独り言を呟いているようにも見える。

「絵師は、絵が描けんようになった時が、死ぬ時どす」

お美和の目が、初めてまっすぐに玄一郎に向けられた。

「あの病に罹った時、夕斎はすでに死んだも同然やった。うちはどうでも夕斎を生かしたかったんどす」

「それで、夕斎の名前で、あんたが絵を描くことにしたんやな」

お美和は小さく頷いた。

「あの人も、喜んでくれてるて、そない思うてました」

悲しげにかぶりを振ると、お美和はさらにこう言った。

「せやけど、違うたんや。うちが描けば描くほど、あの人は辛そうやった。その理由が、うちにはよう分からんかった。夕斎の名で絵を出すためには、あの人と同じ手やないとあかん。それやったら、『錦絵』はどうやろ、て。浮世絵やったら、少々の手の違いはごまかせる、忠兵衛さんに、そない言われて……」

京の絵師は肉筆に拘る……。夕斎も、また同じ考えだった。

――浮世絵版画は所詮、版画や。ほんまの絵やない――

日頃から夕斎はそう口にしていた。

その北川夕斎が、浮世絵に手を出した……。

「却(かえ)って、夕斎を悪う言うもんも出て来ました」

「あんたが北川夕斎を名乗ることを、夕斎自身は望んでなかったんと違うか」

お美和の目から涙が落ちた。

「うちは、描くのんをやめなあかんかったんや。まさか、夕斎があないな死に方をするとは、思うてもいいひんかった」

「夕斎は、どないな死に方をしたんや？」

ふと、玄一郎は庭の隅にある池に目をやった。

玄一郎はゆっくりと池の側まで歩を運んで行った。

小さな池だ。水は……。玄一郎は手を入れてみた。深さは、一尺ほどだろうか。

「あの日……」

すぐ後ろでお美和の声が聞こえた。振り返ろうとして、なぜか動けなかった。

（何か、おかしい）

その「何か」が分からない。

「うちは描き上げた絵を持って、松永堂へ行きました。夕斎のことは、お光さんが見てくれている。それで、うちは安心していましたんや」

戻って来ると、お光の姿がなかった。夕斎もいない。慌てて家中を捜しまわった。

「それでも、あの人はいてへん。うちは、もしや、て思うて……」

お美和は庭先に降りると、そのまま、まっすぐこの池に来た。

「夕斎がいてました。池の中で、うつ伏せになって……」

玄一郎は思わず池を覗き込んだ。通常ならば、溺れることなどあり得ない。しかし、身体の自由が利かない夕斎ならば……。

寝床から這い出した夕斎は、縁先から転がり落ちた。さらにこの菖蒲の咲く池までやっとの思いでたどり着いた。

夕斎は自ら池に身を投げた。たとえ浅くとも、顔が浸かってしまえば、水を飲む。

「さぞ苦しかったやろう、て思います。せやけど、あの人はうちのために死を選んだ」

夕斎がこの世にいる限り、お美和は夕斎の影でしかない。それは、生きながら死ぬことにも等しい。それは、まさにあの絵の中の幽女の姿だ。

――男が栄誉も命も捨てて、守ろうとするのは……、誰や――

ふいに、孝太夫の言葉が玄一郎の脳裏に蘇った。

(夕斎はお美和を生かすために、死を選んだ……)

「あの人が不憫どした」

お美和の声は泣いているようだった。

「うちが、あの人を追い詰めたんや。うちが、絵を描くのんをやめていたら、こないなことには……」

北川夕斎の名前を守りたい。いいや、ほんまに守りたかったのは、父の興した「北川」の名前やったんかも知れん、と、お美和は言った。

「やめることかて、できたんやないか」

玄一郎は思い切って、背後を振り返っていた。暗闇の中に、お美和はすっと立っていた。

周囲は暗く、お美和の顔も良く見えない。それなのに、着ている小袖だけは、なぜか夜目にもはっきり見える。

　市松柄と、裾には水に浮かぶ、鴛鴦の雌……。

「『夕斎が苦しんではる。もうあの人の名前で描くのはやめます』て、忠兵衛さんには言いました」

――もう遅うおます。あんさんの絵は、北川夕斎の絵として世間に流れてますのや。考えてもみとおくれやす。幾ら北川峰斎の娘が描いたもんや、言うたかて、誰も金を出して買うてはくれはらしまへん。おなごの絵師は、今の画壇では認めては貰えへんのどす。それよりも、夕斎の名前で描き続けた方が、よっぽど金になりますえ――

「幾らそない言われたかて、あんたが嫌やていうたら……」

　お美和が「偽絵」を描いたのだとしても、売り出したのは松永堂だ。

「忠兵衛は知っていて、あんたの『偽絵』を売り出したんや。訴え出ることはせえへん。『幽女図』だけで、終わらせることかてできたやろ」

　だが、お美和はゆっくりとかぶりを振った。

「忠兵衛さんは、事情を知った後も、夕斎の絵を売り続ける気でいてはりました」

――すでに前金を貰うた客もいてるんどすえ。皆、あんさんの描く絵を欲しがっとるんや。わては何も欲で言うてんのやない。あんさんと力を合わせて、北川夕斎を守ろう、て、そない言うてんのどす――

欲しいのは、北川夕斎の絵。守るべきは北川夕斎の名……。

「うちは迷いました。夕斎の名前でも、うちの絵を欲しがってはる人がいてる、て思うと……」

悲しいのに、嬉しくて……。

ほんのつかの間、欲を持ちました、とお美和は言った。

「承知したんか？」

「少し、考えさせて欲しい、て……」

そう言ってから、お美和は悔やむように声を落とした。

「あの時、はっきり断れば良かったんどす。いいえ、もっと早うにやめていれば、夕斎は命を落とすことはなかった。うちが、あの人を殺したんどす」

お美和は、しばらくの間無言になった。

「あんたが、お光を殺した理由を教えてくれ」

玄一郎が問いかけると、お美和は再び口を開いた。

「夕斎が自害した時、お光は、家にいてへんかった。うちが池で亡うなってる夕斎を見つけた後、しばらくしてからやっと戻って来たんどす」

――すんません、ちょっと、用事があって。旦那様も寝てはるようやったし、少しぐらいやったら、うちがいてへんでも……――

何も知らないお光は、家にお美和がいたことにひどく慌てた様子だった。

お美和は無言でお光の腕をつかむと、強引に池の所まで連れて行った。

夕斎はずぶ濡れで池の側に寝かされていた。お美和がなんとか遺体を引き上げたのだ。

夕斎の亡骸をまともに見せられたお光は、息を吞むと、そのまま崩れるように地面に座り込んでいた。

「お光は、綺麗に化粧をしてました。せやさかい、すぐに分かったんどす」

――あんた、うちの留守中に、男に会いに行ってたんやろ――

お美和の中で急に怒りが込み上げて来た。

「うちが家に帰った時、お光の姿が見えへんことが、度々ありました。男と会うてたんやて、その時はっきりと分かったんどす」

裏切られた、という思い。お光がいれば、夕斎は死なずに済んだという、無念。そうして、何よりも夕斎に自ら死を選ばせるほど、自分が追い詰めてしまったことへの後悔……。

——うちは、あんたを信用して夕斎を任せてたんや。それやのに、あんたがいてへんかったせいで、この人は……——

責めようとした時、お光の顔が急にガラリと変わった。お光は、心配りの行き届いた気の良い娘の顔を捨て去り、お美和に向かって嚙みつくように言った。

——夕斎はんが死んだんが、うちのせいや、て言わはるんどすか。うちかて、もう我慢ができしまへんのや。毎日毎日、身体の悪い年寄りの世話をさせられて、お金のためや思うて、堪えて来ましたけどなあ。そうそういつも、ええ顔はできしまへん。うちがいない間に、夕斎が死んだ。それがどないしました？　これで、うちはこの家から出て行けます。好きな男とも一緒になれます。奥様かて、せいせいしたんと違いますか？——

その瞬間、お美和の全身は炎で燃えるように熱くなった。

気がついたら、お光の身体に乗りかかるようにして、両手で首を絞めていたのだ、と、お美和は言った。

「ほんまにお光の言う通りやったんどす。夕斎が死んで、うちはなんや背負うてた重い荷物が、すうっと無うなったような気がしてた。それをお光に見透かされたんどす」

茫然としてお光の死体の傍らに座っていた時、忠兵衛が現れた。お美和が心変わりをするのではないかと案じて、後を追って来たのだ。

――なんちゅうことを……――

忠兵衛はひどく驚き、戸惑っているように見えた。

我に返ったお美和が、奉行所へ行くと言い出した時だ。

――こうなったもんは仕方おへん。どないしても、死んだもんは帰っては来いひんのどす。この先は、生きてるもんのことを考えなあきまへん。わてがあんじょう行くようしますさかい、後のことは任せておくれやす。その代わり……――

「その代わり、あんたは、生涯、松永堂の手の内にある、てことなんやな」

これから先、お美和は忠兵衛に言われるまま、絵を描き続けることになる。絵師でありながら、絵師とは名乗れぬままに……。

松永堂は、夕斎の遺作を幾つ用意していたのだろう。お美和が他人の絵を真似るのが上手いのを利用して、他にも「偽絵」を描かせるつもりもあったのかも知れない。

その時、目の前のお美和がうっすらと笑ったような気がした。その白い顔が、闇に溶け込んでいる。なのに、その唇だけが、やけに赤く、左右に引き延ばされて……。

なぜか、ぞっとした。

って来るのが見えた。

「旦那っ」

突然、鋭い声がした。ハッとして、声のした方に目を向けると、小吉が庭を突っ切って来るのが見えた。

「よう、ここが分かったな」

尋ねた玄一郎に、小吉はハアハアと荒い息を吐きながら言った。

「無根樹堂で、ここやて聞いて……」

おそらく走りづめだったのだろう。さすがに、すぐには言葉が出ない様子だ。

「今、水を貰ってやる」

お美和に頼もうと振り返ったが、すでに女の姿が消えている。

怪訝な思いで立ち尽くす玄一郎に、小吉が絞り出すようにこう言った。

「堀川で、お美和が死んでいます」

(そないな阿呆なことが……)

お美和とは、たった今まで一緒にいたのだ。その姿もはっきりと見た……筈なのだが。

小吉と共に駆け付けた堀川端に、お美和はいた。そこは、夕斎とお光の遺体が上がった場所だった。

久我島はすでに来ていて、検分を終えたところだった。

「ほんまに、お美和か？」

「間違いありません」

「死因は？」

「包丁で喉を掻（か）き切っています」

「自害か」と問うと、久我島は無言でお美和の着ている小袖を指先で示した。

松明（たいまつ）の炎に、派手な市松柄が照らし出されている。白い脛（すね）を覆う、やや乱れた小袖の裾には、雌の鴛鴦が浮かんでいた。

その小袖が、一瞬、玄一郎の脳裏で鮮やかに翻った。

（先ほどのお美和が着ていたのも……）

同じ鴛鴦図の小袖だったのを思い出した。

柳の樹にもたれかかるように座っているお美和の、投げ出された右腕の傍らには、黒々とした血に濡れた包丁が落ちていた。

「見ておくれやす」

小吉はそう言って、松明を前方に突き出した。

お美和はその左の腕に、しっかりと小袖を抱きしめている。

「この小袖は、堀川で引き揚げた時、夕斎が着ていたもんどす」

小吉が言った。見覚えのある市松柄、裾には雄の鴛鴦がいる。

「お美和も揃(そろ)いの小袖を着ています。こっちは、鴛鴦の雌どすわ」

「亭主の着物を抱いて、自ら命を断ったとしたら、これはまさに夫婦心中ですね」

久我島が大きくため息を吐(つ)いた。

「それで、誰がお美和の遺体を見つけたんや」

尋ねた玄一郎に、「わてどす」と小吉が即座に応じた。

其の三　道行(みちゆ)き

お美和の遺体を奉行所に運び込んだ後、玄一郎が家路についた時は、すでに辺りも明るくなり始めていた。

多恵に、お美和の死を告げねばならない。それを思うと、自然と足取りも重くなった。

組屋敷に戻って来ると、多恵は玄一郎を待っていた。仕事柄、帰りが遅いことはしばしばある。そんな日は、先に休むよう言ってあった。

「寝てへんのか?」

玄一郎が声をかけると、多恵は疲れたような顔を玄一郎に向けた。

「どうしても、気になることがおましして……」

煮え切らない言い方をしながらも、多恵は玄一郎のために茶を淹れてくれる。

「旦那様の方こそ、お疲れ様どした」

さすがに朝帰りはめったにない。多恵は労わるように言った。

「言い難いんやが……」

玄一郎は湯飲みをゆるゆると揺する。

「どない言うたらええのんか……」

思い切って切り出そうとした時、「お美和さんのことどすやろか」と、多恵が言った。

「お前、なんでそれを?」

唖然とする玄一郎に、多恵はにじり寄るとさらに問いかける。

「お美和さんの身に、何かあったんやないんどすか?」

「亡うなったんや」

やっとその言葉を吐き出した玄一郎は、勢いに乗じてさらにこう言った。

「堀川端で、夕斎の小袖を抱いて自害しとった」

茫然とする多恵の手から、湯飲みが落ちた。零れた茶が畳の上に染みを作る。多恵は、目を見開いて、じっと玄一郎を見つめていた。

「なんで……」

やがて、ぽつりと言葉が漏れた。

「なんで、そないなことに……」

がくりと首を垂れ、左手で身体を支えるようにして、多恵は右の手で口元を覆った。両の肩が小刻みに震えている。

「亭主の後を追うたんやろ」

玄一郎は言った。夕斎の小袖を抱き、対の着物を身に着け、夕斎の遺体の上がった堀川端で自ら命を断った。誰の目にも、自害に見える。

「うちのせいや」

突然、多恵は声を上げた。

「昨日、お美和さんがここに来はったんどす。あの時、引き留めておけば……」

お美和の身を案じていた多恵は、喜んで家に招き入れた。それから、二人はしばらく茶を飲み、菓子を食べながら昔話に興じた。お美和が元気そうなので、多恵も安堵していた。

夕暮れが近づき、帰る時になって、お美和は持っていた包みの中から、ある物を取り出し、多恵に渡した。

多恵は立ち上がると、床の間の違い棚から細長い布包みを取って来た。

「掛け軸どす。お美和さんが描いたもんやて思います」

中には文(ふみ)も添えられていた。

広げてみると、多恵と再会できて、大変嬉しかったという旨が書かれている。

「これだけか？」

玄一郎は疑問に思った。死を覚悟していたのなら、何か言い残す言葉がある筈だ。

「差出人の名前を見ておくれやす」

多恵に言われて、玄一郎は再び視線を文に落とした。

美和、とだけ書いてある。その下には、紋のような印があった。

輪が三つ、真ん中で交叉(こうさ)している。

「なんや、これは？」

「お美和さんの落款どす」

えっと思わず玄一郎は顔を上げて、多恵を見た。

「お美和さんの描いた絵には、これが必ずどこかにあるんどす」

「三つの輪、つまり、みわ。この輪があれば、それはお美和が描いた絵、てことか」

「昔、絵を教えて貰うてた時、お美和さんが教えてくれたんどす」

――これがうちの落款や、うちの絵には、この輪が入ってる。着物や帯の柄の中やったり、背景の中やったり……。探してみて。面白いえ――

「うちは、お美和さんの絵の中の三つの輪を探すのが、それは楽しゅうて……。これは、お美和さんとうちの遊びやったんどす」

お美和の印……。

(表向きには入れることができない、お美和自身が描いた証し……)

それは、お美和の絵師としての落款であり、誇りでもあったのだ。

「うちは、虫の知らせみたいなもんを感じて。お美和さんのことが、どうしても気になって……」

すぐにでもお美和を追おうと思ったが、すでに日も落ちた後だった。明日にした方が良いか、玄一郎が戻るのを待って連れて行って貰うべきか、と、あれこれ悩んでいた時に小吉が現れた。

——どないしはりました？——

多恵は小吉にお美和が来たことを話した。

その辺りの経緯は、玄一郎も小吉から聞いていた。

——奥方様が、えろう案じてはるようなので、わてが代わりに様子を見に行くことにしたんどす——

「きっと、お美和さんは、最後の挨拶のつもりで、うちに会いに来てくれはったんどす。せやのに、うちにはそれが分からんかった。分かってたら、帰らせたりせえへんかったのに……」

多恵は堪え切れなくなったのか、ついに声を上げて泣き出していた。

玄一郎は多恵の肩を抱き寄せた。

「お前のせいやない。お美和は、どうしても、夕斎の許に行きたかっただけなんや」

玄一郎は多恵の背中を撫でてやる。

玄一郎の胸に顔を埋めるようにして泣いていた多恵だったが、やがて着物の袖を目元に当てながら、ゆっくりと顔を上げた。

「お美和と別れる時、何か気づいたことはなかったか？」

多恵が落ち着いたのを見計らって、玄一郎は問いかけた。多恵はしばらくの間考え込んでから、「そう言えば」と玄一郎に目を向けた。

「お美和さんが帰って行った時……」

多恵は、お美和の姿が小さくなるまで見送っていたのだという。

「男の人が一人、門の前を通ったんどす」

男はお美和と同じ方角へ向かって歩き去った。

「まだそない暗うはないし、人がいたかておかしゅうはない時分どしたんやけど」

気になったのは、男からほんのりと漂っていた匂いだ。

「なんや白粉のようどした。役者はんが使うような、安もんの白粉どす」


その日の朝、再び奉行所に出向いた玄一郎は、小吉に卯之吉を捕らえるように命じた。小吉も、すでに、卯之吉の出入り先に目星をつけていたようだ。卯之吉は賭場で見つかった。お光が亡くなった頃から、急に金回りが良くなり、京のあちこちの賭場に顔を出すようになっていたらしい。

玄一郎は卯之吉に、お美和が死んだことを告げた。

「お光を殺された腹いせに、お前が手をかけたんやろう」

そう切り出すと、卯之吉は真っ青な顔になってこう言った。

「違います。わてはお美和には手を出してまへん。見張ってただけどす」

「なんのための見張りや。誰に頼まれた？」

さらに問われて、卯之吉はついにぽつぽつと語り出した。

「松永堂の忠兵衛はんどす」

夕斎が死んで、お美和の気持ちが変わることを忠兵衛は怖れたのだという。

「気持ちが変わる？　どういうことや」

玄一郎は、卯之吉が「偽絵」についてどこまで知っているのか確かめようとした。

「お美和に、絵を描かせているんやとか……。どないな絵なんかは知らしまへん。ただ、お美和の絵はええ金になるんや、て」

――お美和は描くのを嫌がってるんや。お美和が逃げんよう見張っといてくれ――

「せやったら、お美和が死んだ日も、後を付けとったんやな」

卯之吉は言葉に詰まったように、目を伏せる。

「もしかして、お美和が自害するところを見ていたんやないか？」

卯之吉は、しばらくの間、じっと俯いていたが、やがて「へえ」と消え入りそうな声で言った。

「見ていながら、止めなかったのか」

声音を強めると、卯之吉はきっと顔を上げた。

「お美和はお光を殺したんどす。せやさかい、見て見ぬ振りをしたんどす」

「お美和が、お光に殺されたことを、お前は知っていたのか」

すると、卯之吉は神妙な顔で話し始めた。

「忠兵衛とは、お光を通じて知り合いました。それから、ちょくちょく小さな仕事をくれるようになって……」

芝居の方は一向に人気が出る気配もない。忠兵衛の使い走りは、結構な小遣いになった。

お光が夕斎の家に住むようになってからは、しばしば壬生へも行った。卯之吉が現れると、お光はお美和が家を空けるのを待って、卯之吉と逢った。

田畑の中にある農具小屋が、二人の逢引きの場所だったという。

「あの日は、祭りがあったんどす」

農繁期が過ぎる頃、田楽の一座が村を廻って来る。

ことに三年毎にやって来る「猩々踊り」の一座は、近隣の村々でも評判だった。

田畑に囲まれた隣村との境に、氏神を祀った神社がある。その境内に仮の舞台を作り、猩々踊りが披露される。村人は老若男女、酒や料理を持ち寄って、日頃の疲れを癒（いや）すのだ。

また、一座には覡（かんなぎ）がいて、秋の豊作を神前で祈ってくれる。事件があったのは、丁度、その「猩々祭り」の日に当たっていた。

「二人で祭りに行きました。甘酒も振舞われて、つい長居をしてしもうて……。お光はそれに気づいて、慌てて帰ろうとしました」

――今日は祭りや。もう少しぐらいええやないか。出し物は踊りだけやのうて、他にもあるそうやし――

卯之吉は止めたが、お光はそれを振り切るようにして帰ってしまった。

「一人で残されたわては、酒が入ったせいか、しだいに腹が立って来ました」

――三年に一度の珍しい祭りや。少しくらい羽目を外してもええやないか――

「わては、夕斎の家に行ってみました。せっかくの祭りなんや。頼み込めば、もう一時（約二時間）ぐらいは一緒にいられるんやないか、て、そない思うて」

お光は金のために病人の世話に明け暮れている。申し訳ないという気持ちも、卯之吉の中にはあったようだ。

玄関先で声をかけたが、誰も出て来ない。不審に思って小門から中に入り、庭へと回り込んだ卯之吉は、その惨状を目の当たりにした。

「お光が倒れてました。それに夕斎も……。側には忠兵衛がいてました」

お美和はまるで魂が抜けたように、その場に座り込んでいた。

卯之吉はお光の側に走り寄った。どんなに身体を揺さぶっても、お光は目を開けようとはしなかった。

――堪忍しておくれやす。堪忍しておくれやす――

お美和が呟くように繰り返している。卯之吉はハッとした。

――お美和さん、あんたが、あんたが、お光を……――

さらに問い質そうとした時、忠兵衛に止められた。

――死んでしもうたもんは、どないしようもあらへん。こうとなったら、二人の始末を手伝うてくれ――

忠兵衛は二人の遺体を川に沈めて、相対死に見せかけるのだ、と卯之吉に言った。

――お光はそないな女とは違います。いくら何でもあんまりや――

怒りで我を忘れそうになった。だが、お美和を責めたところで、お光が生き返る訳ではなかった。

「その時、忠兵衛が、わてに任せとけ、て言うたんどす」

——夕斎はんの名誉を守らななららん。その上で、お光の供養もちゃんとしてやる。お前には相応の金をやる。心中もんにはせえへんさかい、ここはわての言う通りにしてくれ。町方へ訴え出たかて、ええ事にはならん——

卯之吉が口を閉じさえすれば、事はすべて収まる。日の落ちた庭には、もはや闇しかない。この闇の中なら、すべてが隠し通せる。卯之吉はやがてそう思うようになったのだ。

「卯之吉？　誰どす、それは……」

呼び出された忠兵衛は、真向から卯之吉の言葉を否定した。

「お光は、わてが好意で夕斎はんのお宅に手伝いに行かせた娘どす。夕斎はんが中風？　実際、絵を描いたんはお美和さんやった？　なんもかんも初耳どすなあ。それに『偽絵』てなんのことどすやろ。わては夕斎はんの絵を売っただけどす。お美和さんが『偽絵』をわてのところに持ち込んだんやったら、わても騙されてた、てことどすな」

言い掛かりだと、忠兵衛は後に引こうとはしなかった。

「卯之吉て男が、何を言うたんか知りまへんけどなあ。その男の言い分が正しいて、どうして分かるんどすか？　わてがやったんは、堀川で、夕斎はんの死を相対死にせんよう頼んだだけどす。それも、夕斎はんの名誉を守るためどすわ。その情に免じて、旦那方も便宜を図ってくれはったんどすやろ？」

最後に忠兵衛は声音を強めてこう言った。

「お光と夕斎を、たまたま日と時が重なっただけの水死人にしたのは、旦那と違いますか」

確かに、あの時、玄一郎は御法を破った。言い出したのは久我島だったが、認めたのは玄一郎自身なのだ。

卯之吉の証言から、お美和は自害ということになった。卯之吉は、お美和が堀川端の柳の側に立っているのを見た。やがてその身体がずるずると滑り落ちると、お美和の身体はぴくりとも動かなくなった。

卯之吉は恐る恐る近づいて行き、お美和の首が黒くなっていることに気がついた。薄闇の中でさらに目を凝らすと、それが夥しい血だと分かった。すぐに（ここにいてたら、あかん）と思い、大急ぎでその場を離れたのだという。

小吉が堀川へ来た時、すでに卯之吉の姿はなかった。柳の木の下で、お美和は鴛鴦の小袖を身に纏い、夫の分身ともいうべき対の小袖を胸に抱いて事切れていた。

忠兵衛は「偽絵」で騙りを働いたことを認めなかった。「幽霊絵」もあくまで夕斎の絵だと言い張ったのだ。卯之吉も「偽絵」のことは聞かされていなかった。

夕斎とお光の相対死にしても、卯之吉と忠兵衛の証言は食い違ったままだ。真実を知っているのは玄一郎だけだ。それも、証言したのはお美和の幽霊なのだ。

「騙り」で罰することはできなくとも、卯之吉の話が真実ならば、忠兵衛も卯之吉も、遺体を偽装して捨てた罪に問うことができる。せめて、二人で遺体を運ぶところを見た者がいさえすれば……。

玄一郎は小吉に、壬生の辺りで、忠兵衛と卯之吉の姿を見た者がいないか聞き込みをさせた。

すると、村の総代だという男が名乗り出たのだ。

「祭りの日のことどしたら、よう覚えてます」

三年に一度の「猩々祭り」の日、「猩々笹(しょうじょうざさ)」という物が家々に配られるのだという。

「小豆の汁で赤(あこ)う染めた紙を幣(ぬさ)にして、小笹につけた縁起物どす。これを村人に渡して祭りに寄進して貰いますのや。まあ、わてらのところの古いしきたりどすわ」

大抵の者は御社に取りに来る。だが、来られない者の所には、総代が持って行くことになっていた。当然、寄進を集めるのが目当てだ。

「あの北川て家は、日頃から、あんまり村の付き合いがないさかい、寄るのは控えました。家の裏手の道を通ろうとした時、裏門が開いたんどす」

そこから二人の男が、荷車を引きながら現れた。

「夜どしたけど、月明かりで二人の顔がうっすらと見えました。一人が車を引き、一人が後ろから押してましたんやけど、その男は、泣いてでもいるようで、時折、顔を片手で拭ってはりました」

証言は得られたが、果たして、それが忠兵衛と卯之吉だと言い切れるのか……。

玄一郎にそう問われて、総代は思い出そうとするように首を傾げてこう言った。

「後ろの男が、前の男に声をかけてました」

——忠兵衛はん、ほんまに、これでええんどすやろか——

呼ばれた男は前を向いたまま、はっきりとこう答えた。

——卯之吉、お前もしつこいなあ。ええ加減、腹を決めたらどうや——

実際の二人を見せると、背恰好が良く似ていると答えた。

「そう言えば……」

総代は何かに気づいたようだった。

「あの晩、何やら、ほんのりとええ匂いがしてました。今も匂うてます。あの男から……」

そう言って伸ばした指の先には、卯之吉の姿があった。

こうして、播磨守から二人に裁可が下された。敲き刑だった。忠兵衛は通常通り笞打ち五十回だったが、卯之吉は素直に白状していたことから、二十回に減らされた。

その後、卯之吉は放免されたが、忠兵衛は、十日間の謹慎処分になった。その間は、店を閉めねばならない。さらに播磨守は、松永堂にあった夕斎の絵をすべて召し上げたのだ。

後日、それらの絵は、久我島の手によって無根樹堂に届けられた。

「播磨守が、『騙り』の証拠が見つかるかも知れぬゆえ、心行くまで吟味せよ、と仰せられていました」

玄一郎等は、お美和の残した手掛かりで、夕斎の絵の真贋を見極めようというのだ。

こうして、玄一郎、久我島、孝太夫、それに小吉を加えた四人が、絵の中にあるお美和の印を探し始めた。

「これがお美和さんの落款なのか……」

やがて、久我島がそれを見つけた。

ささやかに、控えめに、お美和の印だという三つの重なった輪は確かに存在していた。

多恵が言っていたように、着物や帯の柄の中に、蛍(ほたる)の儚い光のように、小さく、そして誇らしく、それは輝いていた。

中には本当に夕斎が描いた絵もあった。比べてみると、筆法はまさに瓜(うり)二つだ。

「一心同体の夫婦だったのですね」

しみじみとした口ぶりで久我島が言った。

「これで、忠兵衛が『偽絵』を扱うてた証しは立てられるが……」

玄一郎はかぶりを振った。

「すべてはお美和が夕斎の名を残そうとして勝手にやったことや、て通されたら、それまでやな」

「忠兵衛のことどす。決して認めしまへんやろなあ」

小吉は諦めたようにため息をつく。

「今にきっと襤褸(ぼろ)を出す。それを待つんや」

玄一郎にはそれしか言えない。

「ところで、玄一郎」

その時、孝太夫が声をかけて来た。

「お前が見た、ていう、お美和の幽霊のことやけどな」

玄一郎は、一応、お美和から聞いた話を彼等に伝えてある。

「信じてんのか？」

孝太夫、久我島、小吉の三人の視線が、一斉に玄一郎に集まった。

「信じるも何も、見たのはほんまのことです。お美和の声もはっきり耳にしました」

「わてには旦那が独り言を言うてるようにしか、見えまへんどした」

小吉が首を傾げた。

「夢か幻でも見たのではありませんか？」

久我島は疑っているような口ぶりだ。

「いずれしても、『騙り』の証しは立てられません。自分でも不甲斐（ふがい）のう思うています」

「目の保養ができたと思えば良いのでは？」

久我島は玄一郎を慰めるように言った。

気がつくと、久我島は一枚の絵を手にしている。松永堂から持ち出した絵の束の中に在った物らしい。

「なんや、それは？」

すかさず玄一郎は尋ねた。

「面白いことに、これは墨摺絵なのです」

それは馬の絵だった。馬は雲の上に乗り、まるで空を翔けているように見える。

「松永堂で版画を扱うたんは、あの『幽女図』だけやなかったか？」

何気なく、玄一郎は言った。

「なんや、何か偽絵の証拠でも見つかったか？」

孝太夫が問いかけて来た。

「いえ、それよりも、私はその掛け軸が見たいのですが」

久我島が、視線を玄一郎が手にしていた掛け軸に向けた。お美和が多恵に渡した絵だ。

「これは、紛れもなくお美和が描いたものです」

そう言うと、玄一郎は皆の前に掛け軸を広げた。

そこには二人の男女がいた。互いに手を取り合い、視線を絡めながら、寄り添うようにして歩いている。その楽しげな様子は、まるで春の野辺を散策しているかのようだ。華やいだ市松柄の着物の裾には、鴛鴦の雄と雌が仲睦まじく泳いでいる。

「これは、夕斎とお美和の姿絵やな」

孝太夫が感嘆したように言った。

「やはり鴛鴦は、雌雄一対でこそ、美しいですね」

久我島が静かな口ぶりで応じた。

鴛鴦図の女の顔は、この上ないほど幸せそうに見えた。

(向かう先は、地獄の果てやろうに……)

それを思うと、玄一郎はなんだか目頭が熱くなった。

あの宵闇の中で語らった時のお美和の顔が、鮮やかに脳裏に蘇って来る。

最後にお美和は確かに笑っていた。

その時、絵の中のお美和の顔が、わずかに動いたような気がした。

夏の夕風が吹き込み、絵がはらりと宙に浮かんだ。やがて、絵は、ふわりふわりと三人の前に落ちて来た。

玄一郎は思わず息を呑んだ。己の見間違いか、と三人に視線を走らせると、孝太夫も久我島も、小吉までもが呆気に取られたように絵に見入っている。

そこに、二人の姿はなかった。ただ、野辺の細い道が一筋続いているだけだ。

「二人で、黄泉路へ行ってしもうたようやな」

孝太夫がほうっとため息をついた。

気がつけば、すでに逢魔刻だ。玄一郎は深い水底に沈む庭に目を向けた。ふっと明かりが一つ灯った。与志が灯籠に火を灯している。

ぼんやりと灯された明かりの向こうに、何やら二つ小さく光るものが見えた気がした。

チカチカと瞬いて、その光は消えた。

(夕斎が、迎えに来たんやな)

鴛鴦は、互いに離れては生きられない。そういうことなのだろう、と玄一郎は思った。

それが、夕斎とお美和の「無根の樹」なのだ、と……。

第二部　天馬（てんば）の男

其の一　降馬事件

明和三年（一七六六年）九月の始め、洛中は強い野分きが吹き荒れた。それでも、どこぞの社の古木の枝が折れた、とか、町屋の檜皮葺きの屋根が飛んだ、という話を聞いたぐらいで、他にさしたる被害もなく、翌日の京は、清らかな晩秋の空気の中にあった。

五月に大切な友人を失った多恵も、八月の半ば辺りから笑顔が戻って来ている。玄一郎にはそれが何よりも嬉しかった。

明るく笑ったかと思えば、急に憂いを浮かべ、茫洋とした視線を遠くに向ける。そんな妻の様子に、玄一郎は何度も胸を締め付けられるような思いがした。

庭に咲く薄紫の紫苑の一群れの隣で、小菊や秋明菊も、蕾を次々に付けている。季節の移り変わりはありがたい。多恵にとって辛い日々だった夏の気配は、もはやどこにも影を留めていなかった。

「旦那、いてはりますか？」

九月は西町奉行所が外番だ。東町と一月ごとに内勤番と外勤番が入れ替わる。先月はほとんど顔を見せなかった小吉も、九月の朔日（ついたち）からは、事件が起こる度に玄一郎の所に現れた。

「先ほど起きたばかりや。言うとくが、まだ飯は食うてへん」

厨（くりや）の勝手口で、豆腐売りの声が聞こえる。飯の炊（た）ける匂（にお）いが、座敷まで漂って来ていた。

「こない朝早うからなんや？」

できれば、朝飯ぐらいはゆっくり食べさせてくれ、と心から願う。

「殺しやったら急がんでもええやろ。死人は逃げたりせえへんさかい」

縁に座って庭を眺めていた玄一郎は、そう言いつつも不承不承に腰を上げた。

「殺しは殺しどすねんけど……」

「せやから、慌てんかて……」

「松永堂の忠兵衛どす」

突然の小吉の言葉だった。

「忠兵衛て、あの、忠兵衛か？」

玄一郎は驚いて、思わず問い返す。

「へえ、主人の忠兵衛が死にました」

忠兵衛は店の奥にある自室で亡くなっていた。見つけたのは店の番頭だった。忠兵衛は、金の勘定などで遅くまで起きていることがある。妻子は眠っていて、何も気づかなかったという。

忠兵衛が処罰を受けた後、松永堂は十日の間、商売が禁止されていた。謹慎が解けてからもしばらくは客足も遠のいて、商いもかなり厳しかったようだ。この秋になって、やっと元に戻るかと思われた矢先の不幸に、妻女も番頭も、さらには店の奉公人等も、戸惑いを隠せないでいた。

遺体は、庭の隅に敷かれた筵(むしろ)の上に横たえられていた。

「刃物で胸を刺されています」

検分をしていた久我島が言った。

「正面から刺されたか、いきなり襲われて、振り返ったところを刺されたか。いずれにせよ、殺しには間違いありません」

久我島はきっぱりと言った。

「碌(ろく)な死に方はせん奴(やつ)やて思うていたが、こうも呆気(あっけ)ないとは……」

玄一郎は、なんだか肩透かしを食ったような気分だ。

「旦那、遺体の側に匕首が落ちてました」

小吉が、手拭いに載せた匕首を差し出した。血に塗れ、明らかに凶器だと分かる。

「裏の塀にはべったりと血糊がついてます。下手人はそこから逃げたようどすな」

よほど慌てたらしい。低木の枝には着物の切れ端まで引っ掛かっていた。

「何か盗られたもんはあらへんのか？」

すると、傍らにいた番頭が一言、「それが」と口を挟んだ。

「床の間に置いてあった、壺が見当たらしまへんのや」

「どないな壺や」

尋ねると、番頭は思い出そうとするように首を傾げた。

「へえ、野々村仁清の作やていう蓋付きの茶壺どすわ。こう、一抱えほどの……」

番頭は両腕で、壺の大きさを示す。

「高価な品か？」

「仁和寺の門前にあった御室窯で作られたもんやそうどす。薄い茜色の肌に、嵐山の夕暮れが描かれていて、それは綺麗なもんどしたわ。『嵐山暮景の茶壺』とかで、旦那様は、それは大事にしてはりました。何しろ、他のもんには一切触らせしまへん。

女中が掃除に入っても、壺の周りは放(ほう)って置くように言うてはったぐらいで……」

「その大事な壺が無(の)うなっとるんやな？」

玄一郎は番頭に念を押す。

「金に換えれば、結構、ええ値で売れるんと違いますやろか」

下手人が壺を盗んだとすれば、やはりこれは押し込みということになる。

その時だ。小吉が再び口を開いた。

「壺どしたら、前栽(せんざい)の裏手におましたえ」

壺の残骸が、石の上に散らばっていたのだという。

「蓋付きの壺どした。色合いも番頭の言うてる通りで……」

「落としたんやろうか」

「もしかして、壺の中に何か入っていたんと違いますやろか。目的の物を手に入れたんやったら、壺には用はあらしまへん」

「茶壺やからというて、ほんまに茶葉を入れていたとは限らへん。茶葉を盗むために、人までは殺さんやろうし」

玄一郎は改めて小吉に視線を向けた。

「家探(やさが)しをしてみてくれ。偽絵(にせえ)事件の折は絵を召し上げただけやった。他にも何か出て来るかも知れん」

翌日の夕暮れ、玄一郎は無根樹堂を訪れた。以前は、ひと月に一度か二度だったが、いつの間にか、三日に一度は無根樹堂に顔を出すのが習慣になっていた。

庭は金木犀の花の匂いで満ちている。苔むした庭石の傍らには、黄や白の小菊の一群れが風に揺れていた。

玄関で、いつものように与志が迎えてくれる。すでに草履が一足、三和土の上に置かれていた。客が誰なのかは、おおよそ見当がついた。

「やっぱり、あんたか……」

孝太夫に招き入れられた座敷で、笑顔で会釈をしたのは久我島だ。久我島もまた、最近は頻繁に無根樹堂にやって来る。

玄一郎は、久我島の隣に座った。孝太夫とは向き合う形だ。孝太夫は、玄一郎のために茶を淹れてくれる。添えられた菓子は、桔梗の花を模したものだ。妻女の与志が用意したのだろう。

「忠兵衛の事件、どないなったんや?」

茶に手を伸ばしていた玄一郎に、すかさず孝太夫が尋ねて来た。久我島からすでに話は聞いているのだろう。

「小吉が調べていますが、壺の中身は分かりました」

茶壺の中には、かなりの額の金が入っていたらしい。

「しかし、あの壺には誰も触れていないのでは？」

久我島も関心を示す。

「触るな、開けるな、て言われたら、人は触りとうなるし、開けて中を見とうなるもんや」

と、玄一郎は答える。

「妻女が、忠兵衛の留守中に、こっそりと中を覗いてみたんやそうです」

忠兵衛が大切にしているのは知っていたが、中に何が入っているのか気になった。

「当然、空てこともある。せやけど、あまりに『触るな』て言うもんやさかい、案外、どこぞの遊女からの懸想文でも隠しているんやないか、て思うたそうです」

開けてみると、小袋が幾つも詰まっていて、一つ一つに銭や小粒銀が入っていた。

「金か……」

孝太夫が納得したように言った。

「壺が高価ゆえ触らせたくない、という訳ではなかったのですね」

久我島も納得しているようだ。

「下手人は、壺の中に金があるのを知っていたんやな」

孝太夫の言葉に、玄一郎は応じるように口を開いた。

「家の中では、妻女だけが金を見ています。ただ、その金の出処なのですが……」

店の帳簿を見る限り、本来の売り上げ金とはどうも違うらしい。

「小吉に蔵の中を探させています。もしかしたら、裏金かも知れません」

「『偽絵』を作らせ、売っていたんや。おそらくそんなところやろ」

表には出せない金、ならば「偽絵」絡みだろう、と玄一郎も考えている。

「いずれ分かると思います」

「ところで……」

その時、久我島が話を変えた。

「今日、私をここに呼ばれた訳は？」

久我島が尋ねると、孝太夫は二人の顔を交互に見て、にっこりとその相好を崩した。

「実はな、魅山堂の音兵衛はんから面白いもんを借りて来たんや。お前たちに見せよう思うてな」

孝太夫は腰を上げると、まだ陽射しの残る座敷の端に、一幅の掛け軸を広げた。幅広の掛け軸だが、絵は、縦一尺（約三十センチ）、横一尺五寸（約四十五センチ）の横長の物だ。

「馬の絵ですね」

興味深げに久我島が言った。

馬は右に向かって疾駆している。左端には、一文が添えられていた。

「ただの馬やない。これは天馬（てんば）や」

馬の足元には雲が渦巻いている。遠景には、山の峰々の連なりが、薄墨で描かれていた。だが、玄一郎は一瞬、（おや？）と思った。構図に見覚えがあるのだ。

「画賛を見てみ」

孝太夫に言われて、玄一郎は視線を絵の左側に向けた。

――天馬翔雲上　聖雨潤天下――

そう書かれている。さらに題名は「天馬飛翔図」となっていた。

「天馬（てんば）、雲上（うんじょう）を翔（か）け、聖雨（しょうう）、天下（てんか）を潤す」

久我島は画賛を声に出して読むと、孝太夫と玄一郎の顔にちらと視線を走らせ、

「これは南宗画（なんしゅうが）ですね」と言った。

医者でありながら書画にも詳しいらしい。

「水墨画の中でも、『南宗画』は、細筆でそれは細こうに描き込まれているのが特徴や」

孝太夫は大きく頷くとそう言った。確かに、馬の鬣や身体の毛並みが精密に描かれている。それらが風に揺れている様は、まるで本物の馬が空を疾駆しているようだ。

（どこかで見たんやが……）

玄一郎が思い出そうとしていた時、久我島が言った。

「天馬空を行く、という言葉が史記の楽書にあります。何物にも囚われず、自由自在に物事を考えることだと思うていましたが……」

「唐国の古い言い伝えでは、天馬は天帝を乗せる馬やていう。問題なのは、この『雲上』や」

孝太夫は久我島の言葉に応じるように言った。

「雲上」は「禁裏」を表す言葉だ。

「聖なる雨が天下を潤す、というのも気になります」

さらに久我島が言うと、孝太夫は同意するように頷いた。

「『聖』の字にも『潤』にも、『王』が隠れとる。天皇を戴けば、天下は恩恵を受けて安寧に治まるとでも言うとるみたいや」

事の重大さに、玄一郎もやっと気づいた。

「これは、もしや、幕府への反逆を意味しているのではありませんか？」

京都には、かつてこの国を動かす権威の中枢があった。それが「禁裏」であり「朝廷」だ。徳川幕府は、禁裏から権威を奪い取った。征夷大将軍という臣下の地位にありながら、日本国の実質の「王」に納まったのだ。以来、幕府は、朝廷を監視するために、京の町に京都所司代を置いている。

「幕府への反逆、というのとは違うやろう」

孝太夫は腕組みをして考え込んだ。

「元々、禁裏が握っていた権力を取り戻そうて言うんやから……」

「法度を押し付けられ、政から遠ざけられたのも、天皇家が存続して行くうえでは致し方のないことです」

江戸者だけあって、久我島には禁裏への思い入れはないのだろう。江戸は確かに幕府のお膝元だ。武家も町人も、ほとんど禁裏と関わることはない。

しかし、京のほとんどの町衆は、心の奥底に天皇への敬慕の念を抱いている。徳川幕府は、禁裏をいかに懐柔し、操って行くかに苦慮して来たのだ。幕府ができた当初から、将軍と公家の娘とを婚姻させることで強い絆を結ぼうとさえした。その結果、幕府はすでに禁裏を完全に掌握することに成功していた。

そんな中、「尊王論」なるものを唱える者が現れた。禁裏を揺るがす騒動になったのが宝暦(ほうれき)の事件だ。

宝暦七年（一七五七年）、徳大寺公城(とくだいじきみき)に仕えていた神道家、竹内式部(たけのうちしきぶ)に師事していた堂上(どうじょう)の公家等によって、天皇への神書の進講が行われた。

「神書」とは、『日本書紀(にほんしょき)』神代巻のことだ。だが、「禁中 並公家諸法度(きんちゅうならびにくげしょはっと)」で天皇が許されているのは、四書五経などの唐国の学問だった。

宝暦に入った頃(ころ)から、公家等の窮乏は明らかになっていた。生活の厳しさから幕府への不満も募る。決められた役目すら、まともに行われなくなった。禁裏小番(こばん)の役目中に、遊興に耽(ふけ)る者もいる。果ては、禁じられている武芸の稽古(けいこ)にまで手を出す者も現れた。

竹内式部の提唱した「尊王論」は、幕府の体制に疑念を持つ公家等にとって、正道に思えた。

一つの国に一人の王……。江戸にいる征夷大将軍は、天皇の臣下に過ぎないのだ。

「当時、桃園(ももぞの)天皇は十七歳。血気盛んな時期や。若い公家等の影響はすぐに受ける」

三月に関白の座に就いた近衛内前(このえうちさき)は、警戒したものか、間もなく神書講読を止(や)めさせた。ところが、翌年、再び講読が始まった。天皇の強い要望があったからだ。

これは見過ごせないと、前関白の一条道香が動いた。今度は、右大臣と内大臣を引き連れての停止要求だった。

「まあ、若手の公家が、重鎮の命令に背いたことで、余計に腹が立ったんやろな」

「面目を潰されたのですからね。それだけでも、彼等にとっては許しがたいことなのでしょう」

孝太夫の言葉に、久我島も応じる。

結局、竹内式部を含めて、問題になった公家等は処分を受けた。九年前のことなので、玄一郎の記憶にも残っている。この事件自体は朝廷内のことであったが、竹内式部は京都所司代に幾度も呼び出されて吟味を受けている。確か、東西の奉行まで加わって取り調べた筈だ。この件で、竹内式部は山城国から追放された。

「その宝暦の事件に、この天馬の絵が関わっているのですか」

すると「いいや」というように、孝太夫はかぶりを振った。

「事はもっと昔に遡る」

深刻そうな皺をさらに額に刻んで、孝太夫は語り始めた。

「今から二十年前の延享三年（一七四六年）の正月三日のことや」

洛中に、馬が描かれた無数の紙が撒かれた。

「『降馬事件』て言うてな。『馬が天から降って来た』て、えらい騒ぎになったんや」

（あの時の……）

玄一郎は思い出した。

強い寒風が吹きつける中、紙はたちまち空に舞い上がり、京の町中に散って行った。その一枚を手に取った記憶がある。

（そうか、この絵は、あの時の物と同じなんや）

しかし、覚えているのはそれだけではなかった。

「あの後、間もなく父が亡くなっています」

玄一郎は声を落として言った。

その年の正月の半ば、父親の榊玄信が亡くなった。玄一郎が十歳の時だ。お役目中に、不慮の死を遂げたという。

戸板に載せられて戻って来た父は、すでにこの世の者ではなかった。

――兄上、よう闘われましたなあ――

泣き崩れる母の傍らで、叔父の玄蕃が労うように声をかけた。何があったのか玄一郎には分からなかったが、父の身体には無数の刀傷が残っていた。

事件を追っていて、何者かの襲撃にあったらしい。相当斬り結んだのは、身体に刻まれた傷が物語っていた。

「父が殺された後、下手人が捕まったという話は聞いていません」

玄一郎はおもむろに言った。

「あの頃、『降馬事件』に禁裏が絡んどるらしい、てことになってな。所司代に命じられて、東西の町方は紙の回収に走らされとった」

無念そうに孝太夫が言った。禁裏が関わっているとなると、幕府にとっても大問題になる。その中で、榊玄信の件は、辻斬りに殺されたものとして、うやむやにされてしまったのだ。

「天馬の絵が市中にばら撒かれたことが、それほどの大事になるのでしょうか。同心殺しの下手人を挙げることよりも……？」

「気持ちはよう分かるが、まあ話を聞いてくれ」

孝太夫は再び話を続けた。

「公家の『尊王』への思いは根深い。密かに、幕府の存在を疎ましく思うている公家は、昔からおった」

だが、それは漠然とした思いだった。武家に奪われたものを取り戻したい、その一心だ。

「考えてもみ。この国に幾度も訪れる朝鮮国の使節が向かう先は？」

二年前の一月、朝鮮通信使が入洛した。海路を通り大坂に上陸した彼等は、各所で、文化人や学者らと交流を深めながら、京都を抜けて江戸の将軍の許へと向かった。使節団にとって、日本国の王は、江戸にいる将軍なのだ。

「この国の王は天皇である。将軍ではない。密かにそう胸に刻んでいる者も多いやろう。それは何も公家に限ったことやあらへん。その思いを、京の町衆の中に広めようとしたんやろう」

「では、宝暦よりも以前からその動きはあった、と？」

玄一郎は思わず身を乗り出した。久我島は無言で孝太夫の話に聞き入っている。

「降馬の事件があった前年の十一月、江戸の将軍が代替わりをした。八代吉宗公の跡を継いで、家重公が九代征夷大将軍の座に就いたんや」

この時、桜町天皇は二十六歳で、朝廷に権力を取り戻すことを悲願にしていた。

「当然、幕府側には煙たがられとった。せやけど、朝廷を仕切ってんのは、あの摂関家や。彼等は幕府との争いは望んでへん。天馬の絵が降って、何かが起こるんやないか、て噂が洛中に広まった。わしら町方は、京都所司代やった牧野備後守の命令で、火消しに駆り出されたんや」

新しく将軍職に就いた家重は、病弱でいろいろと問題を抱えているという。ならば、本来の王道に戻すべきではないか……。

将軍家は、臣下として天皇に仕える。それこそが正しい道だ、という思いが、公家の中で再び燃え上がろうとしても不思議はなかった。

「わしらのような町方は、どっち付かずや。生まれも育ちも京やのに、仕事は幕府の手先やさかいなあ」

「我等は京の町衆を守っているのです。幕府も朝廷もありません」

玄一郎は語調を強める。孝太夫は、そんな玄一郎にちらりと視線を走らせると、さらに言葉を続けた。

「天馬に関わったんが公家やったら、主上まで巻き込むことになる。それを怖れて、摂関家と京都所司代の間で、この事件は追及せんことにしたんや。当然、所司代による禁裏の監視は強めることになったが……」

孝太夫はそこまで言うと、言葉を止め、一呼吸置いてから再び口を開いた。

「間もなく、禁裏で一人の男が捕縛された。その男が絵を撒いた張本人てことやった。その証拠となったのが、この『天馬飛翔図』や」

「いったい、どういう男だったのですか？」

問いかけると、孝太夫は一瞬言い淀(よど)んでから口を開いた。

「禁裏の絵所(えどころ)に勤める絵師や。その絵師が、『天馬飛翔図』を描いたとされた」

玄一郎は再び掛け軸に視線を落とした。よく見ると、「天馬雲上を翔ける」の一文の横に、落款(らっかん)が入っている。

「式岡華焔(しきおかかえん)」と読めた。

「華焔は南宗画を得意とする絵師で、年齢は三十代半ばくらいで、絵所に入って五年目やった」

「絵師の身で、そんな大それたことをするものでしょうか」

それまで黙って聞いていた久我島が、首を傾げる。

「描いた絵を利用されたとは、考えられませんか」

うむと孝太夫は頷いた。

「この絵は肉筆やが、撒かれたのは墨摺(すみずり)やった。紙の大きさも、これよりも小さい。せやさかい、これは元絵やろう」

式岡華焔は禁裏勤めとなってから、「尊王論」を唱える公家等と交流するようになったのではないか、と考えられた。

「桜町天皇が二十七歳の時や。天皇は、この式岡華焔を近習衆として側に置いていたんや」

天皇への敬意が高まる内に、華焔の胸にも、いつしか「尊王」の思いが湧いて来たのだろうか。

「天皇に王権が戻ることを祈願して、この絵を描き、その思いを町衆に訴えたい、というのが、絵をばら撒いた理由やった」

すべては内々の事として収めたい、と禁裏側は望んだ。

「禁裏はこの絵師を処分し、これで事は解決した、と所司代に知らせて来たんや。つまり、これ以上の詮索は無用に願いたい、ということや」

翌年、桜町天皇は二十八歳で譲位した。跡を継いだのは、わずか七歳の遐仁親王だった。

「その後、華焔はどないなりました?」

玄一郎はさらに尋ねた。禁裏と幕府の仲を危うくさせたのだ。相当重い処罰を受けたに違いない。

「所払いや。山城国から追放された」

「華焔に家族は?」

「その辺りのことは、わしにも分からん。町方はじかに関わってへんのやさかい」

孝太夫はあくまで町奉行所の人間だ。知らされる情報にも限界があるのだろう。

「華焔は禁裏だけやのうて、京の画壇からも追われたというのですか？　絵を一枚描いただけで……」

それが、絵師にとっていかに酷いことか、玄一郎にも分かるような気がした。式岡華焔は、絵師としてこれまで築き上げて来た地位も栄誉も、一度に失ってしまったのだ。

絵師は己の名に命を懸ける……。そのことを、玄一郎はお美和から教わった。

「ともかく、禁裏に出入りする内に、『尊王論』に傾倒するようになった絵所の絵師が、血気に逸って勝手に『降馬事件』を起こした。それが真実かどうかよりも、絵師一人の処分で済むなら、禁裏も後始末がやり易かったんやろう。何よりも、この絵が証拠になる」

魅山堂で「天馬飛翔図」を目にした時、孝太夫は改めて二十年前の「降馬事件」を思い出した。あの日、比叡颪の風に舞い飛んでいた墨摺の元絵は、これだったんや、そう思うと感慨も深かった。

音兵衛自身も、事件を鮮明に覚えていた。

——天馬の墨摺絵を見てて、初めて『尊王論』て言葉を知ったもんもいてましたやろ——

「王政復古」も「尊王論」も、理屈を知れば、京の人々が普段から胸の奥でうっすらと感じていた思いであった。

「天馬雲上を翔け、聖雨天下を潤す。『降馬事件』で、この言葉は深く町衆の心に刻み込まれた。そない言うてもおかしゅうはない」

「おっしゃる通り、京が幕府の支配下にあるとはいえ、町衆の禁裏への崇敬の念を侮ることはできません」

江戸者の久我島も、その空気はすでに感じ取っているようだ。

「式岡華焰の処分には、公家だけではなく町人への見せしめという意味もあったのですね」

久我島は声を落とすようにして言った。

「せやけど、宝暦の事件が起こっています」

玄一郎は口調を強めて言った。

宝暦七年を皮切りに、竹内式部を含め、事件に関わった公家のすべての処分を終えるのに、実に三年を要している。天皇の側近だった公家のほとんどは職を奪われ、落飾させられた。

「降馬事件」など足元に及ばないほど、この事件は禁裏を大きく揺さぶった。幾ら消そうとしても、必ず火種は残る。「尊王論」の火は、幕府と幕府に同調する摂関家にとって、これほどやっかいな物はなかったのだ。

「ところで、魅山堂は、この絵をどこで手に入れたのですか？　それほどの問題のある品が、そう簡単に古物屋にあるとは思えませんが」

「魅山堂には、茶道具から書画、骨董、あらゆるもんが持ち込まれて来る。中には結構な掘り出しもんもあるさかい、音兵衛さんは大抵のもんを買い取ってはるんや。『蓬萊屋(ほうらいや)』て呉服問屋があってな。二条通に店を構える、代々禁裏御用達(ごようたし)の大店(おおだな)や。売り込んで来たんは、そこの若旦那やった」


無根樹堂を出る頃には、すっかり日も落ちていた。夕焼けの片鱗(へんりん)が、嵐山の際にかすかに残っている。

久我島が玄一郎に、「酒でもどうか」と誘って来た。初めてのことだったので少々面食らったが、玄一郎は、久我島を衣棚通の「笹花」に連れて行った。いつも通りに小座敷を借り、酒と肴(さかな)を何品か頼んだ。酒はそろそろ熱燗(あつかん)の時期だ。

「京は酒が美味ですね」

久我島は京へ来てから、酒を好むようになった、と言った。

「ここは料理も美味い」

豆腐の田楽に箸をつけながら、玄一郎が応じる。

「それに、密談にも持って来いです」

久我島は座敷の中をさっと見回した。この部屋は二階の奥にあった。襖を隔てれば隣の座敷だが、女将の計らいで、いつもその一部屋を開けてくれる。

「先ほどの御隠居の話ですが……」

徳利を取って玄一郎の杯に酒を注ぎながら、さっそく久我島が切り出して来た。元々、玄一郎と久我島は、呑気に世間話をする仲ではない。珍しく玄一郎を誘った久我島にしても、雑談のためではないだろう。

「榊殿の御父上は、まことにお気の毒です」

「昔のことや。俺も忘れとった」

「本当に辻斬りの仕業なのでしょうか？」

久我島は問いかけて来る。

刀を持つ限り、人を斬ってみたい者はいる。主がいて、己の立場をわきまえている武家ならばともかく、国が改易の憂き目に遭い、仕える主君を失って浪人となれば、不遇の身に苛立つあまり、その怒りを、誰かにぶつけてしまいたくなる者も現れる。

　京は西国から流れ込む浪人者が多い。腕試し、八つ当たり、様々な理由で、何の罪咎もない者にまで凶刃を振るう。

「辻斬りなんぞ、別に珍しいことやあらへん」

　玄一郎は声音を落として言った。いずれにせよ、これほど時が経ってしまったのだ。今になって事件を掘り返したところで、何も得られないことは、町方の玄一郎には痛いほど分かる。

　玄一郎の母親は、父、玄信の後を追うように亡くなった。玄一郎は叔父夫婦の許で育っている。当時はあれほど燃え盛っていた怒りの炎も、今はすっかり消えて、ただ、索漠とした寂しさに変わっていた。時が流れるとは、そういうことだ。結局、榊玄信という一人の男は、その時の中に沈められたようなものだ。

「今は忠兵衛殺しの下手人を挙げななららん」

　それが、町方としての務め……。そう言い聞かせながら杯を口に運ぶが、やはり、父親の死の真相も気にかかる。このまま下手人が分からずじまいでは、あまりにもやるせない。

燗が熱すぎるのか、酒の味も美味く感じない。相当渋い顔をしていたのか、久我島はしばらくの間、話しかけようとはしなかった。

「実は、内密にお話があるのです」

沈黙が続いた後、久我島がいきなり切り出して来た。玄一郎が何度か杯を重ねた後だった。

「播磨守は、京に赴任するに臨んで、幕府より密命を受けております」

久我島は淡々とした口ぶりで言った。

「お奉行の密命など……」

幕府絡みの仕事には、関わりたくない。咄嗟に玄一郎はそう考えた。

「ここ数年、江戸で『尊王論』を説く学者が現れているのです」

久我島はさらに話を進める。

「さすがに京とは違って、江戸では禁裏に関心を示す者はほとんどいません。ですが、幕府は『尊王論者』が増え続けるのではないか、と危ぶんでいるのです」

今の将軍は、宝暦十年（一七六〇年）に、十代目を継いだ徳川家治だった。聡明で、先々代の吉宗の薫陶を受けていると聞く。

「伊井沼殿の話に出た、竹内式部は伊勢に幽閉されています。宝暦の事件で竹内の弟子であった公家は次々に処分されていますが、すべてが一掃された訳ではありません。再び『王政復古』の波が起これば、今度こそ大きな反乱に繋がるかも知れない。幕府は、それを警戒しています」

「『王政復古』に関わる事は、禁裏付の役目や。所司代が差配しとる。奉行所が首を突っ込むことやない」

幕府の役人ではあっても、あくまで玄一郎は奉行所の同心に過ぎない。洛中で起こる事件を扱うのが本来の仕事だ。

「この件は、播磨守に一任されています。所司代が力を振るえば事が大きくなる。表に出ぬよう密かに事を収めるように、と……」

「この俺に、どうせえて言うんや?」

不審な思いで玄一郎は久我島に尋ねた。

「お力を借りたいのです」

きっぱり言い切ってから、久我島はさらにこう続けた。

「これを見て下さい」

久我島は懐から一枚の紙を取り出すと、玄一郎の前に広げてみせる。

「あっ」と思わず声が出た。

「せや、これや……」

玄一郎はその紙を引っ手繰るようにして手に取った。

それは、五月に起こった偽絵絡みの事件の折、松永堂から召し上げた絵の束の中に在った、あの墨摺絵だ。

「せや、子供の頃に見たのもこれやった」

無根樹堂の元絵よりも遥かに小さく、画賛は漢文ではなくカナ文字で彫られている。おそらく広く町人に読ませようとしたのだろう。

「これはお美和の絵と一緒にあった物やないか。無根樹堂で、お美和が描いた偽絵を探していた時や」

改めて見ると、記憶に残る馬の絵と全く同じだ。

「今となっては、『降馬事件』の真実は分かりません。ですが、この天馬の版画は『降馬事件』で使われた物です。それが松永堂にあったのです。忠兵衛の死にも関わりがあるかも知れません」

玄一郎はしばらくの間、久我島を睨みつけてから、おもむろに口を開いた。

「あんた、ほんまにただの医者か？」

「医者ではありますが、播磨守の下で隠密御役に就いています」

「松永堂が、『尊王論者』に関わってるて言うんか?」

するると、久我島はその視線を「天馬」の墨摺絵に落とした。

「松永堂だけなのか、他にもいるのか……。今はまだ分かりません。ただ、『尊王論』を唱える者たちにとっては、この『天馬』は旗印のようなものです。『天馬雲上を翔ける』。彼等はこの言葉を実現するために動いています。実現すれば、『聖雨天下を潤す』世になると、人々に希望を持たせようとしているのです」

「政権を取り戻したいて思うてんのは、所詮、禁裏の公家や。京の町衆が、幾ら将軍よりも天子様を崇敬しているていうたかて、実際は、商人も職人も幕府の下で暮らしを立ててとる。そないな危ないことに手を出す筈があらへん。何よりも式岡華焰がええ例や」

「見せしめ」という意味では、華焰の処分は無駄になってはいない、と玄一郎は思う。

「あれは、始まりだったのです」

と、久我島は静かな口ぶりで言った。

「思い出してみてください。宝暦年間に何があったのか」

寛延(かんえん)四年(一七五一年)十月の終わり頃、改元されて宝暦元年となった。「降馬事件」から五年後のことだ。その年の二月には、大地震が起こり、余震は二か月に及んでいる。

　さらに二年後の宝暦三年、年が明けて早々にも地震があった。

「宝暦五年は、飢饉やったな」

　玄一郎は呟いた。

　それは天正以来と言われるほどの大飢饉で、翌年まで被害が続いた。

「翌年の八月は日照りで水が不足した。かと思えば、九月は大雨と風で淀川の近隣で洪水が起きた」

　それ以外にも、鴨川は度々氾濫し、洛中の各所が大火事で焼けた。洪水については、幕府の政策を非難する向きもある。豊臣秀吉が天下人であった頃、洛中の周囲を土塀で囲った。戦乱の続いた世の名残りで、町一つを要塞にするためだ。だが、この「御土居」には、鴨川が氾濫した折、洛中に水が流れ込むのを防ぐ効果もあった。

　徳川の世となって、御土居は次々に壊され、今では、かつての痕跡を処々に残すのみとなっている。

　家が流され、財を失い、時には家族の命までも奪われた町衆の中には、幕府への不満を抱く者も確かにいただろう。その者等が「尊王論者」と結びつくことは容易に考えられる。

「『天馬雲上を翔ける』。それが『尊王論者』の目的です。けれど『聖雨天下を潤す』ならば、それは安寧を求める町衆の望みになるのではありませんか」

久我島は、しばらくの間玄一郎を見つめてから、さらにこう言った。

「禁裏も二派に別れています。幕府と争いを避けたい摂関家側と、王権を取り戻そうとしている『大滅派』です」

「大滅……、て、なんやそれは？」

聞きなれない言葉に、玄一郎は思わず問い返す。

「江戸の『尊王論』を説く者等が、信条としている理念が『大義滅親』なのです。これは唐の『春秋左氏伝』に書かれていた言葉だとか……」

大いなる道義を守るためならば、たとえ相手が、親兄弟、親戚知人であったとしても、これを滅ぼさなければならない、という強い決意を示す言葉なのだ、と久我島は言った。

玄一郎は茫然とした。まるで狂気の沙汰だ、と思った。

「それで、あんたは……、いや」

ごくりと息を呑んで、玄一郎は言った。

「幕府は、『大滅派』をどないする気や？」

「大滅派」というのが危険思想ならば、早々に捕らえて罰するべきだろう。

騒動が江戸で起きるのか、果たして、この京なのかは分からない。だが、幾らなんでも、この徳川の世に争乱などはあり得ない。そうは思っていても、国の各所領では、飢饉から、農民等が一揆を起こしたという話をしばしば耳にする。

幕府は諸藩に、久我島のような隠密御役を忍ばせているので、それらの情報は素早く江戸の将軍に伝えられ、藩主は処罰の対象となる。

御家のお取り潰しとなれば、浪々の身となった武家が、仕官口を求めて京に集まって来る。さしたる理由はなくとも、天子様のおわすところに、希望があるような気がするのだろう。もし、「大滅派」が彼等を取り込めば、反幕の動きが強まることも大いに有り得る。

「幕府側は、始末は禁裏内でつけるべき、との考えでいます。今は『大滅派』の動きを把握するために、探りを入れているところです」

「摂関家が、『大滅派』を片付けるて言うんか?」

「幕府との関わりに、一番気を使っているのは摂関家です。『降馬事件』も素早く解決し、『宝暦事件』においても、竹内式部と繫がりのある公家は、天皇の側近を含めてすべて処分してしまいました。その手際の良さに、幕府の方が戸惑ったくらいです」

「つまり、これはあくまで禁裏内の争いや、て言うんやな」

玄一郎は声音を強めて念を押す。

「幕府が表立って動けば、禁裏と真向から争うことになります。あくまで秘密裏に解決するのが望ましいのですが、事と次第によっては、どうなるか分かりません」

久我島はそこまで言ってから、困ったように首を傾げる。

「しかも、町衆が関わっているとなると……」

久我島はちらりと視線を玄一郎に流す。

ちっと玄一郎は舌打ちをした。

「町衆が関わるならば、町奉行所の役目、か」

「忠兵衛の事件と、繋がりがあるかどうかは分かりませんが、松永堂そのものは、『降馬事件』と関わりがあります。それに、元絵を所有していたという蓬萊屋……。『大滅派』は、京を中心として動いています。江戸で事を起こすにしても、中枢は京にある筈です。その中枢をあぶり出し、抑え込めれば、江戸での騒動は止められます」

「蛇の頭を仕留めれば、尾の動きも止まる。せやけど……」

玄一郎は久我島に疑問をぶつけた。

「町衆の、『大滅派』での役割はなんや？」

「公家は『尊王論』を説くことはしても、実際に動くための資金を持っていません」

公家が窮乏しているのは、宝暦事件のきっかけになったことからも理解できた。彼等もまた、幕府から受け取る俸禄で糊口を凌いでいる。俸禄は米だ。米は、価格が動けば価値が変わる。米が安価になれば、得られる金も減るのだ。

食べて行くために、公家はそれぞれ得意とする家職を、町人に伝授することで生きて来た。茶の湯や立花、謡曲、蹴鞠、琵琶や琴、和歌、礼儀作法に至るまで、代々引き継いで来た知識や教養を切り売りしている。

「彼等に金の融通ができるのは、同じ『尊王』の志を持つ京の町人だけです」

江戸の豪商は、当てにはできなかった。なんと言っても、江戸は幕府のお膝元だ。頭に戴いているのは「徳川将軍」であって、「天皇家」ではない。

「松永堂も蓬莱屋も俺の方で探ってみる」

そう言ってから、玄一郎は改めて久我島に目をやった。

「あんたは、式岡華焔について調べてみてくれ」

禁裏の事には、奉行所勤めの同心は手が出せない。京都所司代の管轄だからだ。だが、播磨守を背後に持つ久我島ならば、それができるに違いない。

「華焔がどないな絵師やったんか、年齢、それに家族……」

事件から二十年も経っている。宝暦の事件がなければ、とっくに風化し、思い出す者とてなかったのだ。

(それが、今になって……)

玄一郎は、再び、手元の墨摺に視線を落とした。

まるであの世から蘇(よみがえ)ったかのように、天馬の姿がそこにある。

「江戸で『大滅派』が動いとるんやったら、『尊王論』の大本の京が、静かな筈はあらへんのや」

もしかしたら、父、玄信を殺した下手人にも繋がるかも知れない。玄一郎の中で、わずかだが希望が生まれた気がした。

榊玄信の死の真相を知り、その無念を晴らすこと……。とうに諦めていたその想いが、波のように寄せて来て、玄一郎の胸は痛いほどに熱くなっていたのだ。

其の二　蓬莱屋

玄一郎が久我島と別れたのは、一時（約二時間）ほど後のことだった。酒は随分飲んだ気がしたが、不思議なことにほとんど酔ってはいない。元々、酒には強い性質（たち）なのか、久我島の方も平然としたものだった。

夜もすっかり更けている。組屋敷のある辺りも、すでに人通りはなかった。今日は五日だ。三日を過ぎたばかりの月はまだまだ細い。

右側には同心の組屋敷の板塀が続き、左側は道端に植えられた柳が並び、その向こうには、開けた田畑がある。

星明かりを頼りに歩いていると、前方に小さな明かりが浮かんでいるのが見えた。

丁度、自分の家のある辺りだ。

（多恵が迎えに出ているんやろう）

玄一郎は足を速めた。明かりの方もこちらに向かって来る。

「旦那、お待ちしてました」

提灯を下げ、出迎えていたのは小吉だった。

「随分と遅いお帰りどすな」

「無根樹堂に寄った帰りに、『笹花』で一杯……」

玄一郎は杯を口元にやる真似をする。

「お一人どすか？」

「久我島先生に誘われたんや」

「それは、珍しゅうおすな」

小吉は一瞬驚いたような顔をしたが、すかさず「なんぞあったんどすか」と聞いた。

「これから話してやる。中へ入れ」と言ってから、玄一郎は「晩飯はどないした？」と尋ねる。

「待たせて貰うてる間に、頂戴いたしました。あんまり遅いんで、奥方様も案じてはりますえ」

そこで、小吉が様子を見に表に出ていたのだという。

玄関口で、小吉が多恵に玄一郎の帰りを告げる。玄一郎が座敷に入ると、多恵が水を持って来た。汲み立ての井戸水は、玄一郎の喉から腹まで落ちたと思うと、今度は一気に頭の芯まで凍らせる。

さすがに秋ともなると、井戸の水は酔い覚ましにぴったりだ。

「すぐにお茶をお持ちします」

多恵が言ったが、玄一郎はそれを断った。

「小吉と話があるさかい、お前は先に休んだらええ」

「奥方様、後のことはわてに任せておくれやす」

小吉がすかさず言った。多恵も素直に応じて、座敷を出て行った。

小吉がわざわざ玄一郎の帰りを待っていたのだ。御用の筋だと察したのだろう。

「松永堂から何か出たか？」

玄一郎はさっそく尋ねた。

小吉は懐から何やら包みを取り出した。中から現れたのは、草紙ぐらいの大きさの一冊の帳面だった。

「金銭のやり取りを記した帳簿どす。忠兵衛の部屋の押し入れの奥に隠し込んでありました」

「なんで、そないなところに」と言いつつ、玄一郎は帳面を受け取る。

「商売用なら、店にある筈やろ」

「よう見ておくれやす」

玄一郎は、しばらくの間、帳簿をパラパラとめくっていたが、やがてある事に気がついて思わず小吉の顔を見た。

それは、例の「偽絵」を売った記録だった。松永堂は絵道具を扱っているが、絵の売り買いもしている。

日付から、帳簿が付けられ始めたのが、ほぼ二年前なのが分かった。

「その頃、先代の久右衛門（きゅうえもん）が亡（の）うなってます」

「息子の忠兵衛が跡を継いでから、『偽絵』を始めたんやな」

「奇妙講を通じて売っています。奇妙講には売り上げの三割が、同じく三割は絵師に、残り四割は己の懐に入れてます」

帳簿には絵師の名前も書かれてあった。お美和の名前もある。

「お美和の他にも、偽絵師はいたようどすなあ」

絵師だと思われる数名の名前があったが、割り当て分の三割の所に、朱で「一」とか「二」、時には、「無」の字が入っている。

「これは、どういう意味や」

尋ねると、小吉はすぐに答えた。

「貸金どすわ」

「貸し、て、忠兵衛は金貸しをやってたんか？」

「へえ」と、小吉は頷いた。

「あまり売れてへん、金に困ってた絵師に、『偽絵』を描かせていたようどすなあ。絵の売り上げ分から、貸付金を差し引いてたようどす。せやから、『二』ていうのんは、取り分が一割に減り、『無』は取り分が無いんどすわ」

「ほな、奇妙講では偽絵が出回ってた、てことなんか？」

「どうやら、そのようどす」

「奇妙講を始めたんは、誰や？」

「長崎問屋の『伊佐船屋』庄吾郎と、松永堂の先代どすわ。宝暦八年（一七五八年）に、書画骨董好きの旦那衆を集めて、名品珍品を、競売で売りさばくようになりました。伊佐船屋も、長崎で手に入れて来た輸入もんの品を、そこで売っています」

「偽絵が売られてたんや。苦情はなかったんやろか？」

「講に出てたもんが騙されたんやとしても、庄吾郎までが騙りに引っ掛かったていうのんは、なんやおかしゅうおます」

小吉も玄一郎に同意するように言った。

「ただ、お美和の例もあります。絵師の腕が良うて、偽絵とは気づかれんかったんやないですか」

「この帳簿によると、松永堂が偽絵を奇妙講で売るようになったんは、久右衛門から忠兵衛に代替わりしてからのことや。奇妙講は、忠兵衛が偽絵を売るのに格好の場やったんは確かやな」

「ともかく、殺しの方は、忠兵衛から金を借りてたもんが下手人やないか、てことで調べてみました」

　小吉は昼間の内に、すでにその偽絵師を捕らえていた。

「一番取り分の少ない絵師どすわ。名は伊蔵（いぞう）て言います。問い詰めたところ、金は盗（と）ったが、殺しはしてへんて言いますのや」

　伊蔵の家には逃げようとした形跡があり、金の入った小袋が十ほど、荷物の中に隠してあった。

「何があったんや？」

「忠兵衛が殺された日、深夜に松永堂を訪ねたんやそうどす。せめて一回でも、売り上げ分の三割を貰おう、て考えたそうどすわ」

　金を借りる時は、夜中、裏木戸から家に入る。庭を突っ切れば、じかに忠兵衛の部屋まで行けるからだ。

忠兵衛は夜が遅い。大抵ならば明かりが灯っているのに、その夜に限って部屋は暗かった。庭の灯籠に火が入っていたので、それを頼りにそっと近づこうとした時、何者かが縁から飛び降りて来るのが見えた。

「顔を見たんか？」

思わず身を乗り出したが、小吉は残念そうにかぶりを振った。

「それが何やら黒ずくめの恰好で、顔も半分隠されていてよう分からんかったんやそうどす」

伊蔵は咄嗟に前栽の岩陰に隠れた。その黒装束の男は、伊蔵に気づかず、塀を乗り越えるようにして出て行った。

「部屋の様子を見に行ってみたら、忠兵衛が倒れている。揺すっても起きひんさかい、顔を近づけてみたら息をしてへん」

伊蔵は腰を抜かしそうになったが、すぐに床の間の茶壺に目をやった。

「それで、茶壺を抱えて逃げ出したんか」

「へえ、さすがに、茶壺が高価なのは知ってたようどす。中の金だけではなく、茶壺ごと手に入れようとしたんどすな」

ところが、あまりに慌てたのと足元が暗かったために、壺を落としてしまった。幸い苔生（こけむ）した石の上だったので、音もさほどしなかったらしい。それでも驚いた伊蔵は、ひたすら小袋を掻（か）き集めて逃げ出した。

「その話、信じられるんやろか」

呟いた玄一郎に、小吉は答えた。

「人殺しをするような度胸は、あらへんて思うんどすが……」

見た目で人を判断できないことは、小吉にもよく分かっている。

「伊蔵の話がほんまやったら、下手人は、黒装束の男、てことになるが……」

顔が分からなければ、探しようもない。

「取り敢（あ）えず、伊蔵の身柄は奉行所に置いておけ。後は松永堂やが……」

そう言うと、玄一郎は改めて小吉に目をやった。

「松永堂にある版木を調べてみてくれ。お美和の『幽女図』とは、別の版木や」

松永堂が浮世絵を手掛けたのは、「逢魔刻幽女図」だけだ。もし、天馬の版木が出れば、松永堂が摺らせたことになる。二十年も昔の話だ。関わったとすれば、父親の久右衛門かも知れない。

「せやけど、旦那」と、小吉はその顔を曇らせる。

「そない古い版木が、残ってるもんどっしゃろか」

事件になったのだ。すでに処分されていることも考えられる。

「無かったら諦めるしかあらへん。それより、明日、蓬萊屋へ行って来る」

「蓬萊屋に、何があるんどす？」

玄一郎は小吉に、無根樹堂で「天馬飛翔図」を見せられたことを話した。

「式岡華焔、て絵師が描いたそうや。絵のせいで、絵師は京を追われたらしい」

玄一郎は、無根樹堂で聞いた「降馬事件」の話を、小吉に語って聞かせた。

「『笹花』でもその話が出てな。久我島先生が、『降馬』の折に撒かれた天馬の墨摺絵を、松永堂から召し上げた絵の中から見つけていたんや。まあ、あの時は肉筆の中に紛れていた版画に興味があっただけなんやろうけど……」

さすがに久我島が隠密だとは言えないので、玄一郎は適当に語尾をぼかした。だが、改めて小吉を見ると、何やら様子がおかしい。

「どないしたんや。そない怖い顔をして……」

冗談めかして尋ねたが、小吉の顔は固まったままだ。なまじ男ぶりが良いせいか、まるで人形のようで、なんとなく不気味に見えた。

「いいえ、なんでもあらしまへん」

小吉は慌てたようにかぶりを振った。急に笑顔になったが、どことなくわざとらしい。

「ほな、わてはこれで帰らせて貰いますよって」

何やらせかせかとした態度で腰を上げるると、小吉は何かに追われるように出て行こうとする。

「とにかく版木を探してみてくれ」

その背に向かって声をかけたが、聞こえているのかいないのか、小吉は振り返ろうともしなかった。


翌朝、味噌汁の匂いで目が覚めた。布団から出た玄一郎は、井戸端へ向かう前に厨に顔を出した。いつも通りに多恵が朝食の用意をしている。

「おはようさんどす」

多恵が振り返った。見ると、普段着ではなくよそ行きの着物だ。

「どないした？　どこかへ行くんか」

着物を汚さないように、袖を帯の間に挟み、前垂れを掛けている。すでに化粧まで済ませていて、何やら華やいだ雰囲気だ。

「昨日、お茶を切らしてしもうたんで、緑仙堂へ行って来たんどす」

そこで兄の徳之助（とくのすけ）の妻のお香（こう）から、芝居見物に誘われたのだと言う。

「何かええ出しもんでもやっているのか」

すると、多恵は「さあ」と首を傾げた。

「多分、うちが塞（ふさ）いだ顔をしているもんやさかい、お香さんが気を遣うてくれたんやて思います」

「楽しんで来たらええ。なんやったら、今夜は向こうに泊まってもかまへん」

玄一郎が多恵にしてやれるのは、結局それぐらいなのだろう。少なくとも、今の多恵を見る限り、大切な友を失った悲しみから立ち直りかけているようだ。

お香は、多恵よりも四歳ほど年上だった。のんびりとした鷹揚（おうよう）な性格の夫と違って、しっかり者で気働きのできる女だ。

（お香さんに任せておいたら、きっと大丈夫や）

玄一郎は小さく安堵（あんど）の吐息を漏らして、己に言い聞かせていた。


烏丸通（からすまどおり）を北へ上がり、東西に走る二条通と交わる東北の角地に、呉服問屋「蓬萊屋」はあった。角地ということで敷地も広く、二本の大通りに面した店は広々としている。京でも有数の大店だ。

藍地に白く「ほうらいや」と染め抜かれた暖簾を潜り、店内に入る。母娘連れや、供を従えた商家の御寮人など、さすがに土間は女人客で溢れ、店の者等はその対応に追われていた。

その中で、町方の風体はさすがに目立つ。手代と見える男が、応対していた女客をそのままに、すぐさま玄一郎の元へと寄って来た。

「いつもお勤め御苦労さんどす。今日はどのような御用どす？」

さっさと用事を済ませて、店から追い出したいという思いが、腰を屈めて揉み手をしている態度にありありと出ている。

「若旦那に尋ねたいことがあるんや。いや、大旦那でもええ」

「それやったら、烏丸通側に本宅の門がありますよって」

手代はそう言って、玄一郎を店の外へと誘った。

手代の示す方向に目をやると、板壁沿いに門の屋根が突き出ているのが見えた。本宅の格子の遣り戸の門を潜った時だ。目の前に、人とは思えない真っ赤な顔が現れ、玄一郎は思わず声を上げそうになった。

咄嗟に後ずさりをした玄一郎は、腰の刀に手をやった。

「これは、失礼した」

目の前の人物は、己の手で顔を探る。

「うっかり面を外すのを忘れてしもうた」

確かにそれは面だった。赤い顔の猿面だ。

「猩々児(しょうじょうじ)様、今日はわざわざご足労いただき、ありがとうさんどした」

玄関口の座敷で、老齢の男が両手をつき、深々と頭を下げている。その老人が、どうやら蓬莱屋の主人のようだ。

「猩々児」と呼ばれた男は、主人に向かって軽く頭を下げると、改まったように玄一郎に向き直った。

年齢は玄一郎とあまり変わらない。白い肌にくっきりとした眉、目元は涼しく眼差(まなざ)しは深い。細い鼻梁(びりょう)と薄い唇をしていた。美貌(びぼう)には違いないが、その出(い)で立(た)ちはあまりにも異様だった。

長い漆黒の髪を肩先まで流し、白絹の小袖(こそで)に朱の袴(はかま)を穿(は)いている。羽織っている長羽織も赤く、目が覚めるほどだ。さらには、肩の辺りから片袖にかけて、藤の花枝が大きく垂れ下がっている。花の色は薄紫、葉の葉脈に金をあしらうという徹底ぶりだ。

おそらく、その花房は背中でも揺れているのだろう。

「あんた、何もんや？」

一瞬、息を呑んだ玄一郎は、やっと思いで問いかけた。

「猩々児様どす」

蓬莱屋の主人が代わりに答えた。

「名前は分かった。何もんや、て聞いてるんや」

玄一郎は、己の眼前で薄い笑いを浮かべている男を睨みつける。

「家内安全、無病息災の御祓いをしてくれはる、霊力の強い覡様どす」

「猿にそないな力があるのんか？」

「猩々」は、赤い顔に赤毛の、猿に似た唐国の生き物だ。

玄一郎の言葉に、猩々児は笑みを浮かべたまま懐に猿面を入れる。

「病が『さる』、不幸が『さる』、不運が『さる』て言いますやろ。それに赤い色は魔除けどすよって……」

猩々児が何も言わないので、主人が玄一郎の態度を咎めるように言った。

その時、「猩々児様、お迎えに参りました」と言う女の声が聞こえた。振り返ると、若い女が一人、門の外に立っている。その後ろには、塗駕籠が置かれていた。駕籠かきと見える二人は、揃いの筒袖に袴姿で、笠を目深に被っている。

娘は長い垂れ髪を背で束ねていた。年の頃は十七、八歳ぐらいだろうか。緋色の小袖に黒地に金の籠目(かごめ)模様の帯を締めている。細筆を真横に走らせたような眉、切れ長の目はどこか刃を思わせて鋭い。

「それでは御主人、私はこれで失礼する」

猩々児は玄一郎にちらりと視線を流してから、悠然と門を出て行った。駕籠に乗ると、即座に娘が戸を閉める。

玄一郎は駕籠を見送ってから、主人へと目をやった。主人は両手を合わせて何やら拝む仕草をしている。

よほどこの猩々児を信奉しているのだろう、そう思った時、玄一郎はあることを思い出していた。

「三年に一度、京の近隣の村々に、猩々踊りの旅芸人が来るて聞いたが……」

あれは、五月に起こった偽の心中事件の折だ。松永堂の忠兵衛と卯之吉が、夕斎とお光の遺体を家から運び出すのを見ていたのが、猩々笹(しょうじょうざさ)を配って歩いていた村の総代だった。

「へえ、よくご存じで」

と、蓬萊屋の主人は言った。

「近隣の村を巡った後は、しばらく京に滞在して、商家を訪ねて回られます。わての所も、猩々児様に家の邪気を祓うて貰うて、商売が繁盛するよう祈禱（きとう）していただきましたのや」

「いつ頃から始まったんや？」

怪訝（けげん）な思いで問いかけると、主人はしばらく考え込んでからこう言った。

「あれは、十年、いえ十一年前の宝暦五年（一七五五年）が、最初やったて思います」

「宝暦五年と言えば、あの大飢饉があった年やな」

玄一郎は十九歳だった。父の玄信が亡くなったことで、同心職を叔父の玄蕃が継いだ。玄一郎が、居合術の道場をやっていた玄蕃の代わりに、師範代を務めていた頃だ。

「不作で食うに食えなくなり、田畑を捨てた農民が洛中にも溢れていた頃どす。旅芸人の一座が各所で、豊作を願う猩々踊りを披露したんどすわ」

その見事な踊りは、不安な日々を送っていた人々の心を明るくするものだった。

「そう言えば……」

ある日、外出していた叔母が、小笹を手にして戻って来たことがあった。

（あれは、猩々笹やった）

四条橋（しじょうばし）を通りかかったら、河原に人が集まっていた。何やら楽し気に笑いさざめく声がする。興味が湧いて河原へ降りてみたら、赤く塗った顔に赤毛の鬘（かつら）を被り、赤い羽織と小袴を身に着けた芸人が、輪になって舞い踊っていたのだという。

——なんでも、『災いが去る』、『不幸が去る』てお呪いやそうどすわ。せやさかい、うちも少し寄進させて貰うたんどす——

寄進をすると、赤い紙の幣を付けた笹が貰える。厄除けになるからと、叔母は道場の神棚にそれを飾っていたのだ。

玄一郎は呪いも占いも信じてはいない。叔母の言葉はそのまま右から左だったし、まだ町方でもなかったので、洛中の様子にさほど関心を持っていなかった。

「ところで、お役人様」

その時、蓬萊屋の主人は急に改まった態度になり、「今日はどないな御用どす」と、玄一郎に尋ねた。


招き入れられた奥の座敷で、蓬萊屋の主人は玄一郎に茶を淹れながらこう言った。

「御挨拶が遅うなって、すんまへんなあ」

湯を沸かす鉄瓶は、火鉢の五徳に載せてある。炭火の赤さが、季節の移ろいを告げていた。

「わては蓬萊屋の主人で、勘右衛門ていいます」

勘右衛門は名乗ると、玄一郎の前に丁寧に頭を下げた。

「それで、御用件は？」と言ってから「もしや」とその顔を曇らせた。

「うちの弥之助(やのすけ)が、何か悪事でも働きましたんやろか」

弥之助というのが、息子の名前らしい。父親の態度からして、放蕩(ほうとう)息子というのは本当のようだ。

「弥之助が、こちらの蔵から持ち出した絵を売ったんやが……」

玄一郎は勘右衛門の様子を窺(うかが)いながら、おもむろに言った。

「絵、どすか」

勘右衛門は困惑したように首を傾げた。

「まったく、困ったもんどす」

さらに憤慨したようにため息をつく。

「一人息子やったもんで、甘やかして育ててしもうて。あんまり金遣いが荒いもんやさかい、小遣いをやるのをやめたんどす。ほしたら、今度はちょくちょく家の品を持ち出すようになりましてなあ」

代々大切にして来た書画骨董から、仏像に至るまで、次々に金に換えては遊び回る。

「叱(しか)りつけましたところ、言い返されまして」

――いずれ、わてが親父の跡を継ぐんや。それやったら、この家の品もんは全部わてのもんになる。後で売るか今売るかの違いだけやろ――

「ほんまに、育て方を間違えましたわ。それがもう口惜しゅうて……」

勘右衛門の息子への愚痴は、すぐには収まりそうもない。

「さっきの絵のことやけど……」

玄一郎は強引に話を戻した。「絵」と聞いて、勘右衛門は面食らったように口を閉じた。

「天馬雲上を翔け、聖雨天下を潤す、て画賛の入った、『天馬飛翔図』て水墨の掛け軸や」

「書画ならば仰山あります。絵師の名前は分かりますやろか」

怪訝そうな顔で勘右衛門は尋ねた。

「式岡華焔や」

「水墨画やったら、わても好きどしてな。蕪村はんやら、池大雅はん、それに面白い筆法を使わはる若冲はん……、せやけど、華焔先生の絵はおまへんなあ」

「名前は、知ってんのやな」

「へえ、そりゃあ、もう……」

と勘右衛門は頷いた。

「人気があり過ぎて、手に入れるのが難しゅうおしてなあ。そうこうする内に、絵所に勤めるようにならはって……」

勘右衛門は思い出そうとするようにしばらく考え込んだ。

「華焔先生が三十の頃どしたやろか。禁裏の絵師は町絵師とは違うて、堂上の御方のための絵師どす。そないなると、町人の注文を受けたりはしはらしまへん」

「せやけど、『天馬飛翔図』は、蓬萊屋の若旦那が魅山堂に売ったもんなんや。ここにあった絵やったら、主人のあんたが知らん筈はあらへんやろ」

そう言った時だった。縁先でみしりと足音がした。玄一郎は咄嗟に視線を縁へ向けた。

障子（しょうじ）に人の影らしきものが映っている。

その途端、玄一郎の身体が跳ねるように動いた。縁先に飛び出すと、逃げて行く男の後ろ姿があった。

「弥之助っ」と勘右衛門が叫んだ。

父親に呼び止められて、さすがに観念したのか、弥之助は庭石の上にどさりと腰を下ろした。

「なんで、逃げたんや？」

庭に出た玄一郎は、弥之助を見下ろして言った。

「町方が来た、て店で聞いて……。それで気になったもんやさかい」

もごもごと、何やら言い訳めいたことを呟く。

「なんでお前が気にするんや。なんかようない事でもやりよったんか」

少しばかり声音を厳しくして、玄一郎は問いかける。

弥之助は慌てたようにかぶりを振った。あまりにも強く振るので、ふくよかな頬の辺りがブルブルと震えた。

「わては、ただ忠兵衛はんに頼まれて……」

弥之助は必死の形相になって、玄一郎に縋りつかんばかりにすり寄った。

「絵を届けに行っただけどす。忠兵衛はんを殺したんは、わてやあらしまへん」

その言葉に、玄一郎の方が困惑してしまった。

玄一郎は片膝をつくようにして、弥之助に顔を近づける。

「誰もお前が忠兵衛殺しの下手人やとは言うてへん。お前が売った式岡華焔の絵のことで来たんや」

途端に弥之助は、ほうっと大きく息を吐いた。

「とにかく話を聞かせてくれ。落ち着いて、家の中で話そ。見てみ。お前のせいで、勘右衛門の心の臓が止まりかけとる」

勘右衛門は縁先で、人形さながらに固まっていた。

「忠兵衛に頼まれた、てことは、あの『天馬飛翔図』は松永堂にあったもんなんやな」

玄一郎は改めて弥之助に尋ねた。

「さあ、それは……」と、弥之助は首を傾げる。

「わては、ただ渡されただけで、どこにあったもんかまでは知らしまへん」

「忠兵衛とはどないな関わりやったんや」

「卯之吉の紹介で……」

弥之助はぼそりと答えた。

「卯之吉、てあの役者崩れの卯之吉か?」

驚いたせいで、思わず声が裏返りそうになる。五月に偽の心中事件の片棒を担ぎ、仕置きをされた男だ。

「卯之吉とは、親しかったんか?」

「賭場で、一、二度、会うて……」

弥之助が裕福な商家の息子と見抜いて、卯之吉の方から声をかけて来たらしい。

勘右衛門には席を外して貰ったが、ぽつぽつと話す声がしだいに小さくなっている。父親に聞かれると都合が悪いのだろう。

「金を貸してくれ、て頼まれて、幾らか融通したことがおます」

松永堂の忠兵衛の話は、その折に出た。

――仕事を手伝うたら、結構な銭をくれはる懐の深いお人なんや。今度、金を稼いだらきっちり返すさかい……――

二度ほど貸したが、結局、金は戻らないままだ。事件に関わって処罰を受けたことは、弥之助も知っていた。

「親父様から、小遣いを止められて……」

それが、忠兵衛を頼った理由だった。弥之助はちらりと視線を襖に向ける。隣の座敷では、勘右衛門が苦い顔をして、玄一郎の御用が終わるのを待っているのだろう。苛立っている気配が、襖越しに伝わって来る。

「別に悪い事をする訳やあらしまへん。お使い程度やったら、かましまへんやろ。松永堂はんも罪を償うたさかい、店かて開けられたんどす」

「まっとうな仕事やったらかまへん。せやけど、お前は話を盗み聞きした上に、俺が町方と知って逃げようとした。その訳を教えてくれるか？」

「先ほども言うたように、わては絵を届けただけどすねん。魅山堂の主人も、『忠兵衛さんとは話がついとる』て、そない言わはって……」

弥之助は絵を渡して金を受け取った。そうして、その夜、松永堂に金を渡しに行った。

深夜を選んで、こっそり訪ねたのは、忠兵衛からそのように指示されていたからだ。

——裏木戸を開けとくさかい、そこから入れ——

確かに、木戸に鍵は掛かってはいなかった。

「さっき逃げたんは、忠兵衛さんを殺した下手人にされそうで、怖かったんどす」

「忠兵衛殺しの下手人にされる、ていうのんは？」

「せやから、行ったのが、忠兵衛さんが殺された日のことどすねん」

「ほな、その時は、まだ忠兵衛は生きてたんやな」

「そうどす」と、弥之助は慌てたように頷いた。

弥之助は絵を魅山堂に無事に届けたことを、忠兵衛に伝えた。さらに金を渡すと、忠兵衛はその中から、数粒の銀を取って、弥之助の手に載せてくれた。

――こないに貰うてもええんどっしゃろか――

ただのお使い賃にしては多すぎる。

――かまへん。今後もよろしゅう頼むわ――

「ええ小遣いになりました」

二十歳(はたち)を二、三超えたぐらいだろうか。大店の坊々(ぼんぼん)育ちの若者は、けろりとした態度で玄一郎に言った。

こうして「天馬飛翔図」は松永堂から魅山堂に渡った。

音兵衛は、好事家(こうずか)仲間の孝太夫に「天馬飛翔図」を披露した。孝太夫がその絵に関心を持ったのは、「降馬事件」で撒かれた墨摺絵に似ていたからだ。

忠兵衛が殺された理由は、「天馬飛翔図」にあるのかも知れない、と、玄一郎は思った。

其の三　天馬(てんま)と颯馬(そうま)

「魅山堂の音兵衛に、会いたいんやて?」

秋の庭には、穏やかな九月の午後の日が差している。来月には無根樹堂の茶室も、冬の設えに替わる。孝太夫は夏の名残りを惜しむように、風炉で茶を立てていた。茶花は小菊と桔梗が一輪ずつ。茶室の花は孝太夫自ら活ける。

「いきなり、何を言い出すかと思うたら……」

孝太夫は訝しそうに玄一郎を見た。

「魅山堂に何かあるて言うのんか？」

「『天馬飛翔図』を手に入れた経緯を知りたいのです」

「それは、蓬莱屋の息子から買ったと……」

言いかけた孝太夫の言葉を途中で遮って、玄一郎は弥之助に会ったことを伝えた。

「持ち込んだのは弥之助でしたが、実際に売ったのは松永堂でした」

「ほな、『天馬飛翔図』は元々松永堂にあったもんなんやな」

孝太夫は興味深そうに問い返す。

「例の『降馬事件』の墨摺も、作ったのは松永堂の先代ではないか、と思うているんですが……」

「証しはあるのか？」

「松永堂から版木が出れば、確かなのですが。とにかく、音兵衛さんからも、松永堂について何か聞けるかも知れません」

　ならば、と孝太夫は大きく頷く。

「魅山堂は、二条通から御幸町（ごこまち）を下がった所や。隣は茶道具屋や。すぐに分かる」

「そもそも音兵衛さんと知り合うたのは？」

　玄一郎は改めて尋ねた。

「あれは四年ぐらい前やったか……」

　と、孝太夫は話し始める。

「仕事を辞めたら、のんびりと茶の湯でも習おうて思うてたさかい、その茶道具屋に寄ったんや。ほしたら隣に古道具屋『魅山堂』て看板が上っとった。古い物にはええもんもある。それに『魅山堂』て名前が気に入った。それ以来の付き合いや」

「それで、『天馬飛翔図』はどうされました？」

　確か借り物だと聞いている。すでに魅山堂に返したのかも知れない。玄一郎はそう思って孝太夫に問いかけた。

「まだ置いてある。そろそろ返そうて思うてたところや」

「ならば、私がお預かりしてもよろしいでしょうか。もう一度、ゆっくり見てみたいのです。魅山堂へは、私が返しに行きますので……」

まだ日が落ちるには早かったが、玄一郎は家に戻ることにした。一刻も早く、「天馬飛翔図」を見たかったのだ。

(式岡華焔を破滅へと追いやった、絵……)

それに、この絵は「尊王論者」の旗印なのだ。

(『大滅派』にとっては、大切な物の筈だ)

その絵が松永堂にあったこと、「降馬事件」で洛中に撒かれた墨摺絵を作ったのが、松永堂であったかも知れぬこと……。

さらには、「大滅派」を支える町衆が存在する、と考えるならば、まさに松永堂がその一派の一人に思えて来る。

偽絵で稼いだ裏金が、「大滅派」に流れていたとしたら……。

(せやけど、あの忠兵衛に、そないな志があったんやろうか)

そこのところが、どうも納得が行かない。何しろ、お美和に偽絵を描かせ続けるために、夕斎とお光の死を心中事件に偽装した張本人なのだ。一応、処罰は食らった。

それでも、最後まで偽絵で騙りを働いたことは白状しなかった。

(騙りを罪に問えんかったことが、返すがえすも心残りや)

「お帰りやす」

突然の多恵の声に、玄一郎はハッとして顔を上げた。気がついたら、自分の家の前にいた。庭の花に水でもやっていたのか、多恵が柄杓と桶を手にして立っている。

「今日は早うおすなあ」

多恵は機嫌が良さそうだ。芝居見物がよほど楽しかったのだろう。

風呂を済ませ、夕餉の膳につく。そろそろ小吉が来ても良い頃だったが、まだ姿を現さない。

「面白いもんを見たんどす」

今夜の多恵は久しぶりに饒舌だった。酒も入り、多恵の話に耳を傾けていると、町方御用のことも、隠密だという久我島のことも、頭から消えて行くようだった。

「お芝居は人情物どした」

生き別れになった母子が、苦難を乗り越えて再会する話だ。

「思いきり泣いてしもうて、小屋から出るのが恥ずかしゅうおした」

化粧がすっかり取れて、お香に笑われたのだという。

「その後、四条河原へ行きました」

「何か興行でもやってたんか」

何気なく聞いた玄一郎に、多恵は即座に「猩々踊りどす」と答えたのだ。

「どないな踊りや」

玄一郎の脳裏に、蓬萊屋で出会った猩々児の姿が浮かんだ。

「覡が舞台の真ん中に立ってはって……」

多恵は思い出そうとするように小首を傾げる。

「こう赤い幣の付いた小笹を、大きく右に左に振って……」

多恵はその仕草をして見せる。

「よう通る綺麗な声で、口上を言わはるんどす」

――猩々の神が来たりて魔を祓い、邪気を除いて、福を呼ぶ。猿神、猿神、悪鬼去れ、不幸も苦悩も、彼方へと。猿神、猿神、追いやって、幸い呼んで、福来たれ――

「ふくきたれ、てところで、声を長う延ばして、それが止まった途端……」

覡の周りを囲むようにしてしゃがんでいた踊り手たちが、口上が終わると同時に、一斉に高く飛び上がった。

その瞬間に鳴り物が奏され、太鼓や鼓、笛の音が流れる中、一糸乱れぬ踊りが続くのだ。

高く飛んだかと思えば低く腰を落とし、両腕はしなやかな動きで空を斬り、風を呼ぶ。

「それは美しゅうて、思わず見惚れてしまいました」

多恵はよほど心を動かされたのか、大きくため息をついた。

「つい、夢中になってしもうて、踊りがいつ終わったのかも気がつかず……」

お香に肩を叩かれて我に返った時には、見物人も帰り始めていた。

「木戸銭は、お香さんが払うてくれてました」

踊り手がそれぞれ籠を持って、見物客の間を廻っていたのだという。

さらに、お香は赤い幣のついた小笹を手にしていた。

「『猩々笹』て言うんやそうどす。頼めば分けてくれるんやとか……」

多恵は顔を上げて、天井近くに置いてある神棚を見た。

猩々笹が立て掛けてある。

「お香さんが、うちの家の分も貰うてくれはりました。縁起物やそうどす」

「お前の気が晴れたんやったら、そんでええんや」

久々に明るい多恵の顔だ。玄一郎はそれが嬉しかった。

「今日は、小吉さんは来はらしまへんのやろか」

玄一郎の杯を酒で満たしながら、ふと思い出したように多恵が言った。

じた。

玄一郎は考え込んだ。小吉には、松永堂に「天馬」の版木があるか調べるように命

（何かあったんやろか）

（そう言えば……）

玄一郎は、ある事に気がついた。

（『天馬飛翔図』の話をした時、何か様子がおかしかったような……）

いいや、とすぐに思い返す。

「あれは、式岡華焔の名前を出した時やった」

「しきおか、かえん……？」

思わず呟いた玄一郎に、多恵が驚いたような目を向けて来た。

「旦那様は、式岡華焔を知ってはるんどすか？」

玄一郎は唖然（あぜん）として妻の顔を見つめた。

「お前は、知ってるんか？」

「絵師の名前どすやろ。よう知ってます。緑仙堂に絵が幾つかありましたさかい」

「緑仙堂に、式岡華焔の絵があるんやて……」

玄一郎はごくりと息を呑み込んだ。

「へえ、掛け軸と、衝立、それに屏風もおましたやろか。町絵師から出世して、禁裏にお勤めするようにならはるまでは、父が贔屓にしてました。うちが、絵が好きやったんは、華焔先生の絵を見て育ったからどす」

確かに、多恵は子供の頃、絵師になるのが夢だった。

「うちは牡丹の花の絵が、ことに好きどした。父は南宗画ていう水墨画を好んでましたけどなあ。緑仙堂の客間の襖絵の山水、『春夏秋冬図』も華焔先生の描いたもんどす」

語る様子が楽しげだ。

「なんで、その話、もっと早うに聞かせてくれんかったんや」

玄一郎の口からつい文句が出た。

「旦那様は、絵がお好きどしたん？」

「せやったな」と、玄一郎は視線をそらせた。

きょとんとした顔で多恵が問いかける。

「俺は不調法もんや。書画骨董、芸事一切に関心はあらへん」

玄一郎が興味も持たない話題を、多恵が口にする筈はなかった。

その時、玄関口で呼びかける声がした。

「はい、ただいま参ります」

多恵が即座に応じる。それから玄一郎に顔を向けてこう言った。

「きっと小吉さんと違いますやろか」


「夜分にお訪ねして、申し訳ありません」

多恵に案内されて、恐縮しながら入って来たのは久我島だった。

「お食事中でしたか。これは美味そうな……」

久我島は玄一郎の向かいに座り、膳の上を覗き込む。

「茶菓よりも、酒を用意してくれ」

玄一郎は多恵に頼んだ。

「奥方、お気遣いなく……」

と言いながら、久我島は子芋の煮物に手を伸ばし、一つ摘(つま)んで口に放り込んだ。

「こう言ってはなんだが」

久我島は気の毒そうに玄一郎を見る。

「味付けが、少々……」

「言うな。本人も努力しとるんや」

きっぱりと言い切ると、玄一郎はすぐに本題に入った。

「早う要件を済ませて、どこぞで美味い飯でも食え」

急かす玄一郎に、久我島は「それでは」と切り出した。

「式岡華焔の家族ですが……」

式岡華焔には妻と三人の子供がいた。「降馬事件」のあった当時、兄は十四歳、弟は五歳、その下の妹は二歳だった。

「妻は後妻です。華焔は、上の男児が四歳の時に前妻を病で亡くしています。子供が幼かったこともあり、二人目の妻を娶ったそうです。その後、弟と妹が生まれました」

「兄と弟妹は母親違いなんやな」

「町絵師としての華焔の評判も高かったようです。南宗画を得意としていましたが、贔屓筋から頼まれれば、色絵の花鳥画なども描いていました」

その時に、多恵が酒肴の膳を持って入って来た。

玄一郎の客は御用の筋だと心得ている多恵は、膳を久我島の前に置くと、久我島に会釈をして、すぐに立ち去って行った。

「もうすっかり立ち直っておられるようですね」

多恵の姿を目で追いながら、安堵した様子で久我島は言った。

「どうやら、猩々踊りが効いたらしい」

玄一郎はぽつりと呟く。

「今、四条河原で興行している田楽ですね」

「見たのか？」

問うと、「ええ」と久我島は頷いた。

「昼と夕方と二回やっています。華やいだ踊りで、なかなか見ごたえがありました」

「多恵もそない言うてたわ」

「奥方も行かれたのですか」

「それは見事やった、て話して聞かせてくれた」

玄一郎はちらりと神棚の猩々笹に目をやった。

「ところで、猩々児については、何か聞いてへんか？」

「あの男の噂もいろいろと耳にします」

「それで、どない思う？」

玄一郎は身を乗り出すようにして、久我島に尋ねた。

「隠密の勘としては、なんや怪しいて思わへんか？」

ハハと久我島は笑ってかぶりを振った。

「私は旅芸人のことは、とんと分かりません」

大体、京や大坂で興行する芸人は多い。金を稼ごうと思えば、やはり目立った方が良いのだ。

「ただそれだけだと思います。人目を引くこと、人の口の端に上ること。それを暮らしの活計(たつき)にしている者たちです」

それだけだと言われれば、確かにそうだ。

「『降馬事件』ですが、式岡華焔は『天馬飛翔図』を描いたことは認めています。ただ、それを墨摺絵にして洛中にばら撒いた一件には、関わっていないと言い張ったようです」

「認めたんやなかったんか?」

「墨摺絵を作った者がそう証言したのです」

——禁裏の絵所の、式岡華焔て絵師に頼まれたんどす。わては、ただ言われたように『天馬飛翔図』を元絵にして、あの墨摺を作らせました。洛中に撒いたのかて、そうせえて言われたからどす——

絵を撒くための人を雇う賃金も、華焔から貰ったのだと言う。

「いったい、誰や？」

「松永堂です。先代の久右衛門と、息子の忠兵衛でした」

二十年前というと、忠兵衛も二十歳を超えている。立派に店を支えている頃だ。

「それで、松永堂の処罰はどないなったんや？」

いいえ、と久我島は首を左右に振る。

「あくまで、言われた通りに行動しただけだと、『尊王論者』との関わりは否定しました。所司代の記録によると、松永堂の証言の後、式岡華焔は絵を撒くよう指示したことを認めています」

華焔の処罰を決めたのは、禁裏だった。主導したのは摂関家だ。幕府側の京都所司代も、あくまで禁裏内での出来事としている。吟味も摂関家に任せ、始末の報告だけを受けて、その内容を記録に残した。

「まさか宝暦の事件にまで事が大きくなるとは、当時、摂関家も所司代も考えてもみなかったのでしょう」

あの時、「尊王論者」の火種を徹底的に消していれば、「大義滅親」を信条とする「大滅派」も生まれることはなかったのかも知れない。

「それで、京を追放された華焔はどないなったんや？」

「大津街道から近江国に向かっています」

そう言って、久我島はちらりと上目使いで玄一郎を見る。

「この時、西町奉行所から同心一人と雑色が三人、護送役に付いています」

「町奉行所の役人が関わったのか？　禁裏の咎人ならば、護送は禁裏付の役人の筈やが」

玄一郎は首を捻る。

「処分が決まった時、華焔は絵所のお役目を解かれたのです。禁裏との関わりがなくなったので、町奉行所に身柄を渡されました」

こうして、式岡華焔は近江国に追放された。

「護送の役目に当たった役人ですが……」

なんとなく久我島は言い難そうだ。

「西町奉行所の同心、榊玄信殿です」

玄一郎の父であった。驚きのあまり、玄一郎は啞然として久我島の顔を見つめるばかりだ。

しばらくの間、玄一郎の頭には、何の言葉も浮かんでは来なかった。

「父は、お役目中に不慮の死を遂げた……」

なんとか押し出した声は、ひどくしゃがれていて、とても自分のものとは思えない。

「そう聞いた。運び込まれた父の遺体の前で……」

空気を裂くような母の泣き声が、玄一郎の脳裏に蘇る。

「どうやら、華焔の護送中に危難に遭ったようです」

重く沈んだ声で、久我島は言った。

「奉行所ではなく、所司代の記録に残されていました。それによると……」

一行は、東山を越え、大津へ向かう途中の峠で何者かに襲われた。そこで雑色の一人が、奉行所へ知らせに走った。急ぎ出向いた町方が見たのは、華焔と玄信、それに二人の雑色の遺体であった。

襲われたのは、日暮れ間近の頃だ。生き残った雑色は、浪人者のようだったと証言した。五、六人はいたという。

（ゆえに、辻斬りの仕業にしたのか……）

理屈は通っているが、峠道で辻斬りはありえない。浪人崩れの山賊か、あるいは……。

「囚人を護送中の町方を襲うのなら、金目当てはありえへん」

武士ならば、当然、刀を使えるだろう。幾ら玄信が剣客でも、一人では守り切れなかったに違いない。

「最初から、華焰の命を奪うのが目的やったんやろうか」

「おそらく」と、久我島は頷いた。

「それで……」

玄一郎はさらに言葉を続ける。

「華焰の家族については？」

「上の兄は、絵所で絵師見習いをしていました。父親との縁もあり、十二歳の時に絵所預の土佐家に弟子入りしています。若いながら画才を認められていて、父親が処分された後も、絵所に留まることを許されていました。妻女と二人の幼子は、華焰が追放先での幽閉が解けるのを待って、呼び寄せる算段だったとか」

幽閉期間は二年だった。二年後、華焰は近江国で、家族と共にひっそりと生きて行こうとしていた。

「華焰は処罰を受けた。それで終わったんやないのか？」

まさか「降馬事件」の終盤に、父親が関わっているとは微塵も思わなかった。玄一郎の中では、怒りよりも悲しみよりも、戸惑う気持ちしか湧いて来ない。それがただ悔しかった。溢れる感情を、ぶつける先がなかったからだ。

「所司代は、事実を隠蔽しようとしたんやな」

「奉行所にもその旨は伝えられている筈です」

事を大きくしないための、それが最善の方法だったとでも言うのだろうか？

「禁裏と幕府側の所司代が、手を組んだという訳か」

玄一郎は、久我島に矛先を向ける。

「誤解なさらずに。所司代は摂関家の要望に応じただけです」

主導したのは、あくまで禁裏側だと言いたいらしい。

「禁裏内のもめ事で済ませよう、て魂胆やな」

「余計な争いを生まぬためには、仕方がなかったのでしょう」

管轄が違う奉行所は、禁裏関係には手が出せない。ましてや禁裏付の所司代までが目を瞑ったのだ。禁裏絡みであったため、榊玄信の死の真相も暴かれることはなかった。

「華焰が死んだ後の家族は、どないなったんや？」

記録が残っているとは到底思えなかったが、一応玄一郎は尋ねてみた。

「妻と幼い弟妹のことは分かりませんが、上の兄は、絵所の記録によると、確かに土佐家の弟子の一人に加えられていました。ところが……」

彼は父親が護送された日、土佐家を出奔し、行方知れずになっていた。

「十四歳ならば、一人で生きて行けるやろうが……」

「家族の許へ戻ったのかも知れません」

母親はともかく、弟妹とは確かに血の繋がりはある。

「名はなんと言うんやろう？」

三人の兄妹にも、親が付けた名前があった筈だ。行方知れずとなり、世間から忘れ去られて、その存在すら跡形もなく消えてしまったというのでは、あまりにも哀れだ。

「天馬（てんま）といいます」

ぼそりと久我島は言った。

「式岡天馬です。天の馬と書きます」

「天馬（てんば）か。『天馬飛翔図』の……」

奇（く）しくも、式岡華焔を破滅に追いやった絵と同じ名前だ。

「弟の名は？」

なんとも言えず、重苦しい気持ちになりながら、玄一郎はさらに尋ねた。

「颯馬（そうま）です。妹は夕衣（ゆい）。二人の母親の名は、瀬衣（せい）。それが式岡華焔の家族でした」

「でした」と、久我島が言ったその言葉の響きが、玄一郎の胸を締め付けていた。華焔は殺され、長子は行方知れずだ。天馬が残された家族と共に、生き延びられたのならば良いのだが……。それでも、働き手を失った家族の暮らしは、決して楽なものではないだろう。

「今一度、『天馬飛翔図』を見てみたいものです」

その時、久我島がぽつりと言った。

「あなたも、確かめたいと思いませんか？」

久我島の言葉に、玄一郎はすぐに立ち上がると、床の間に置いてあった掛け軸の包みを手に取った。

「ここにあるんや」

えっ、と久我島は驚いたように玄一郎を見つめる。

「ここに『天馬飛翔図』があるんや。御隠居から預かって来た。明日、魅山堂に行くつもりやったんや」

玄一郎は急いで包みを解くと、畳の上に掛け軸を広げた。気を利かせて、久我島が行灯を近づける。二人は横並びに座り、絵を覗き込んだ。

当然のことながら、最初に見た時と同じだった。雲の上を翔ける一頭の馬。遠景に描かれた山々の峰、さらには問題となった「天馬翔雲上、聖雨潤天下」の画賛……。

「よく見るんや。きっとこの絵には何かある」

玄一郎はさらに蠟燭（ろうそく）に火を灯すと、絵の上に掲げた。

「華焔は確かにこの絵を描いた。華焔に言われて、墨摺絵を撒いたと証言したのは、松永堂の久右衛門と忠兵衛親子や。最初、華焔はそれを否定した。ところが、最後になって認めている。いや、認めるしかなかったんや。知りたいのは、その理由や」

玄一郎は絵の画面を端から端まで隈（くま）なく探した。とは言え、何をどう見たら良いか分からない。久我島にしても、本人よりも主人の播磨守が書画好きというだけで、玄一郎よりはまし、という程度なのだろう。

とにかく、二人は絵を見つめ続けた。

その時だった。カタリと音がして襖が開いた。入って来たのは多恵だった。

「どないした？　こない遅うに……」

「先ほど、厨の勝手口で物音がしたんどす。出て見たら、小吉さんがいてはって

……」

――お探しのもんは見つかりまへんどした。そう旦那に伝えておくれやす――

と、小吉は言った。

――上がらはったらよろしおすのに。今日は、まだ会うてはらしまへんやろ――

――急ぎの用がありますさかい、これで帰らせて貰います。旦那には、しばらく忙しゅうなるんで、御用は手伝えまへん、て、そない言うておくれやす――

小吉は一気にそれだけを言って、すぐに立ち去ってしまったのだという。

「そうか、やはり、なかったか……」

玄一郎は呟いてから、久我島に顔を向けた。

「二十年前の、あの『天馬』の版木が、松永堂に残ってるんやないか、て思うたんやが」

「事件絡みの品です。とっくに処分していたのでしょう。五月の事件で押収した絵の中に、墨摺が紛れていたことの方が、まさに奇跡です」

久我島はそう言ってから、視線を多恵に向けた。

「どうかされましたか？」

多恵は絵に関心があるようだ。じっと、畳の上に広げられた「天馬飛翔図」を見つめている。

「この絵は、どないしはりました？」

元々、絵が好きなのだ。多恵はその場に腰を据えるように座り込んだ。

「今は外してくれへんか？　先生が帰られてから、ゆっくり見たらええ」

玄一郎は妻を窘めた。

「いえ、今、ご覧ください」

すかさず久我島が口を挟んだ。

「書画については、多恵殿の方が詳しいかと……」

久我島は玄一郎に視線を向ける。

そう言えば、緑仙堂は式岡華焰の贔屓筋だ。

「何でもええさかい、遠慮のう言うてくれ」

玄一郎の妻への物言いも、自然と丁寧なものになる。

「南宗画としての筆法も、うちが家で見た華焰先生の物とそっくりどす」

やがて絵から顔を離して、多恵は玄一郎に言った。

「では、これは式岡華焰が描いた物なんやな」

「へえ、そうどすねんけど……」と、多恵は首を傾げた。

「何か、あるのか」

玄一郎は、逸る気持ちを抑えながら問いかける。

「華焰先生は、色絵やったら花や鳥、それに花木を題材にしはります。南宗画はもっぱら山水画で、深山や渓谷を描かはるそうどす。仙人や釣り人を描き込むことはあっても、動物は描かはらしまへん。町絵師やった時はそうどした」

「あなたの年齢では、式岡華焔を知らぬ筈ですが」

多恵の口ぶりに何か疑問を感じたのか、久我島が不思議そうに尋ねた。

「父が式岡華焔先生と親しゅうしてはったそうどす。華焔先生の絵を、よう見せてくれはりました」

徳太郎が、華焔とそれほどの仲だったとは……。玄一郎はただただ驚くばかりだ。

「うちの書画好きは父のせいどす。せやのに、絵師になりたい言うたら、『おなごのやることとやない』て、えろう叱られて……。今から思うと、ほんまに理不尽な話どすわ」

納得が行かない、と多恵はかぶりを振った。

「気がついたのは、それだけですか？」

久我島がさらに問いかけた。すると、多恵はその指先をすっと伸ばして、左上の空間に書かれた画賛を指差した。

「華焔先生の字とは違います。別の人が書かはったもんどす」

「断言できますか」

勢い込んで久我島が言った。

「華焔先生の画賛は、もっと大らかで堂々としてはります。水に喩えるなら、湖どっしゃろか。それこそ琵琶湖のような……」

「せやったら、この字はなんや？」

玄一郎は身を乗り出すようにして尋ねた。

「綺麗に整ってはりますけどなあ。線が細うて、なんや庭の泉水みたいどすな。今にも鹿威しの音が聞こえて来るような気がします」

「これは面白い」

突然、久我島が笑い出した。多恵は困惑したように玄一郎を見る。

「何か変なことを言いましたやろか」

「いや、ええんや。お前はええことを教えてくれたんや」

「お手柄です、多恵殿。大手柄です」

久我島は急に真顔になった。

「多恵殿は、絵の作者と画賛を書いた者は、別人だと思われますか」

熱意の籠った声で、久我島はさらに念を押すように問いかけた。

多恵は戸惑いを見せながら答える。

「はっきり、『そうや』とは言えしまへん。うちかて素人どすさかい、ただそない思うただけで……」

「本人が筆跡を変えることもあるやろ」

理由はともかく、できないことではあるまい、と玄一郎は思う。

「変える必要があったことが、問題なのです」

久我島はきっぱりと言い切った。

「この『天馬飛翔図』が、『尊王論者』に利用されたのは、そもそも、この画賛のせいなのです。天馬雲上を翔ける。この言葉が、『王政復古』を意味していると考えられたからです」

「この画賛さえなかったら、これは式岡華焔の描いた南宗画の一つで済んでたんやな」

「そうなるかと……」

松永堂によって墨摺絵にされて、洛中に撒かれることもなかったのだ、と久我島は言った。

「あの」と、多恵が遠慮がちに声をかけて来た。

「緑仙堂にある華焔先生の絵と、見比べはったらどうどすやろ。もしかしたら、うちの勘違いで、馬の絵かてあるかも知れまへん。それに……」

多恵は自信なさそうに、わずかに首を傾げた。

「画賛が別人のものやったら、この『華焔』て落款も、ほんまに先生が書いたものかどうか……」

「よう分かった。明日、まず緑仙堂に寄ってみる」

魅山堂に行くのはその後や、と、玄一郎は久我島に言った。

久我島が帰って行くと、酒肴の膳を片付けていた多恵が、急に何かに気がついたように玄一郎に言った。

「小吉さんのことどすけど……」

多恵の視線が、神棚の上に向けられている。

「あの猩々笹で、思い出しましたわ」

そう言いつつ、指先で神棚を示す。

「四条河原で、小吉さんを見たんどす」

「小吉が？　四条の河原に？」

「へえ。一座の人がいてはる小屋から出て来はりました。きっと、御用の筋やろ思うて、声をかけるのはやめました。その後は、踊りのことで頭が一杯になって、すっかり忘れてました」

小吉と猩々踊り……。幾ら考えても、繋がりが見えない。ふいに、小吉が言っていた「急ぎの用」が気になった。

玄一郎は巻き取った「天馬飛翔図」を手に取った。なんとなく、答えがこの絵にあるような気がした。

其の四　緑仙堂

久しぶりに潜った緑仙堂の暖簾の向こうは、豊かな茶葉の香りに満ちていた。入って来た客を、茶でもてなしている。土間に並べられた床几で、数人の客が、茶を飲みながら談笑していた。

茶うけは、小皿に載せられた落雁や有平糖だ。口溶けの良い小さな落雁は、桔梗の花と楓、有平糖は茄子と大根を象ったものだ。こういった心遣いが、緑仙堂の評判が高い理由なのだろう。

「これは、まあ、玄一郎様。ようお越しやす」

目聡く見つけたのは、徳太郎の妻、お篠だった。

「無沙汰をしております」

玄一郎はお篠に頭を下げる。

「そない畏まらんでも、かましまへん。お勤めも忙しゅうおすのに……」

お篠は恐縮したように言うと、「ささ、お上がりやす」と玄一郎を促した。

「昨日は、多恵がお香さんに世話になったそうで……」

礼を言うつもりでお香の姿を探したが、生憎客の応対に余念がなさそうだ。

「九月は菊香茶がよう売れるんどす」

重陽の節句に合わせて売り出される「菊香茶」は、茶葉に黄菊の花を散らした物で、この時期の売れ筋だった。

「お香も久々に楽しんだようどす」

「多恵も喜んでおりました」

玄一郎の言葉に、お篠は「それはよろしゅうおした」と頷いた。

「徳太郎殿はいてはりますか？」

「奥座敷にいてますよって、どうぞ入っておくれやす」

そう言って、お篠は奥へと続く廊下を指差した。

玄一郎が奥座敷へ向かっていると、多恵の兄の徳之助に会った。徳之助は小柄で小太り、丸顔で、愛嬌のある顔立ちをしている。

「これは玄一郎様、お久しぶりどす」

ニコニコと笑って会釈をする。

「徳太郎殿が、奥にいると聞いたのだが……」

「へえ、わてと仕入れのことで話していました。用は済みましたさかい、どうぞ、ゆっくりして行っておくれやす」

徳之助は再び軽く頭を下げると、店の方へと去って行った。

多恵の父、徳太郎は縁先に出て庭を眺めていた。明るい陽射しが、庭に陰影を作っている。菊好きの徳太郎は、自ら丹精した大輪の菊を、この庭で育てていた。

清涼な菊花の匂いが、風に乗って漂って来る。

「お聞きしたいことがあって参りました」

徳太郎に挨拶をすると、玄一郎はさっそく用件を切り出していた。

「わてに聞きたいこと？　これはお珍しい、なんどすやろ」

穏やかで人好きのするその顔を見ていると、殺伐とした己の役職を忘れそうになる。

この家で多恵は育てられた。玄一郎が多恵に惹かれたのは、緑仙堂に漂う、空気のせいかも知れない。

ほっとする思いもあったが、今日、ここへ来たのは、心地良いぬるま湯に浸かるためではなかった。

「これをご覧ください」

座敷に入った玄一郎は、さっそく徳太郎の前に天馬の掛け軸を広げていた。

「ほほう、これは……」

一瞬、息を呑んでから、徳太郎は食い入るように視線を絵に向けた。

「式岡華焔の落款がありますなあ」

「こちらには華焔の絵がある、と多恵から聞きました。あなたなら、式岡華焔に詳しいのではないか、と……」

「これは、どないしはりました?」

徳太郎は改めて玄一郎を見た。いつになくその顔が厳しい。

初めて目にする徳太郎の表情に、すぐにでも何か答えが聞けると思っていた玄一郎は、すっかり面食らってしまった。

「実は、ある事件に関わっていると思われる絵なのです。昨晩、この絵を見た多恵が、画賛の筆跡が華焔の物ではないような気がする、と申しまして……。緑仙堂には華焔の絵があるそうなので、ぜひ、徳太郎殿に見ていただければと思うたしだいです」

「式岡華焔は、町絵師の頃に贔屓にしていました。わてが驚いたんは、『天馬飛翔図』がこの世に残っていたことどす」

思いもしなかった徳太郎の言葉に、玄一郎は唖然とした。

「事件て言わはるのは、二十年前の延享三年、正月にあった『降馬事件』のことと違いますやろか？」

「そうです」と、玄一郎は頷く。

「絵所の絵師やった華焔はんは、あの事件で罪を問われ、所払いになりました。それだけやない。護送の途中で何者かに襲われ、命まで奪われてしもうたんどす」

徳太郎は眉間(みけん)に深い皺(しわ)を刻んで、その目を閉じた。

「華焔の死は公になっていません。せやのに、ご存じやったんですか」

「遺体が密かに家に届けられた言うて、御妻女が、わてに助けを求めて来はったんどす」

――夫が無残な姿で帰って来たんどす。どないしたらええか、分からしまへん――

悲しみにくれるというよりも、何が起こっているか分からない様子だった。

「お瀬衣さんていいますんやけど、まだ二歳やそこらの幼子を胸に抱いて、うちの店先で、腰が抜けたようにへたり込んでしまわはりました」

両目は一点を見つめたまま、身体は硬直し、ぶるぶると震えている。腕に力が入り過ぎたのか、胸の幼子は激しく泣き出した。

「お篠が急いで子を抱き取りましてなあ。取りあえず、お瀬衣さんを座敷に上げてから、わては華焔先生のお宅へ走ったんどす」

式岡華焔は家の玄関先で、筵に包まり、事切れていた。傍らには、五歳になる男児が冷たい土間に正座している。

「小さい手を、こうぎゅっと握り締めて、えらい行儀よう座って、父親の遺体を見つめていますのや。涙一つこぼさんと、まるで睨みつけるようにして。母親から、お父はんを守るよう言われてたんやろな」

遺体を運んで来た役人は、この事は決して口外するな、とお瀬衣に命じた。

「華焔の死を伏せろ、と？」

——式岡華焔は近江国に所払いになったんや。二度と京へは戻らんのやさかい、同じことやろう。葬儀ができるだけでもありがたく思うんやな——

「葬式は、華焔先生のお宅でひっそりと行いました。わてとお篠、それにお瀬衣さん、後はお子が二人で……」

「上の兄はどないしたんですか」

「それが」と徳太郎は一旦言葉を切ってから、ぽつりとこう言った。

「長子が父親の葬儀にいてへんのは、あんまりやと思うたさかい、一応、土佐家に人を行かせたんどすけどな」

天馬はすでに出奔した後だったという。

「どうやら、父親が京を追われたのと同じ日に、姿を消したようどす。その後のことは分からしまへん。生きてんのか、死んでんのかも……」

徳太郎は憐れむように、ゆっくりとかぶりを振った。

「だいたい、華焰はんの死の真相も分からんまんまなんどす。なんで亡うなったんか。御役人は、護送の途中で賊に襲われた、て言うてはりました。町方や雑色が付いてますんやで。そない簡単に殺されるもんどすやろか」

徳太郎の言葉に、玄一郎は無言になった。咎人を、目的地まで送り届けるのが父の役割であった。その役目を全うしようと、父は命がけで闘ったのだ。

（さぞ無念であったろう）

父の最期を思うと、玄一郎の胸が潰れそうになる。

「それで、『天馬飛翔図』が残っていたことに驚いた、と言わはる理由は？」

気を取り直して、玄一郎は徳太郎に尋ねた。

「燃やされた、て聞いてたんどすけどなあ。この絵は『王政復古』を訴えるための絵や。町人にも知らしめるために、洛中にもばら撒かれたんや、て。そないな絵を禁裏や所司代が放っておく筈はあらしまへん。描いた本人が処罰を受けたんどす。絵の方かて、当然、処分されますやろ」

「せやったら、この絵は、なにゆえ松永堂に残っていたのですか?」

玄一郎がさらに問うと、徳太郎は白い物が混じった太い眉毛を上げ、驚いたようにこう言った。

「松永堂に、この絵があったんどすか?」

「あの天馬の絵を墨摺にして、ばら撒いたのは松永堂でした。すべて式岡華焔が命じたことだと証言したのです。華焔は絵を描いたことは認めましたが、『王政復古』に関わる意図はなかった、と言っていました。ところが、後にすべて自分がやったことだと認めたのです。それについて、何か知っていることはありませんか」

「わてには、どうも詳しいことは……」

戸惑いを見せて、徳太郎は視線をそらせた。

「華焔先生が、『尊王論』や『王政復古』なんぞに関わるとは、到底思われしまへん。せやけど、禁裏勤めになって、天子様のお側に侍るようになると、わてら町人とは考え方も違うて来るんかも知れまへん。松永堂の証言かて、二十年も経ってしもうた今、『そうやったんどすか』としか、言われしません」

「当時、松永堂の名前は出なかったのですか？」

徳太郎はどこか煮え切らない顔を、玄一郎に向けた。

「わてらには、よう分からしまへん。延享三年の年が明けて、突然、空から馬が描かれた紙が降って来た。『天馬雲上ヲ翔ケル』の文字が入っていましたけどな。天子様から下された詔（みことのり）やないか、て言い出すもんもいてましして、これはいよいよ、天下が徳川様から天子様の世に戻る前触れやないか、て。洛中は結構な騒ぎになりましたんや」

「私には、それほどやった覚えがないのですが……」

「すぐに収まりましたさかいな。ほんの二日ほどで、すぐに騒動を起こした張本人が見つかったいうて……」

「それが、式岡華焔……」

徳太郎は暗い面持ちで「へえ」と頷いた。

「あれよあれよと先生が咎人になってしまいました。元々、禁裏内のことどす。わてらの方まで詳しい話が伝えられる訳やおへん。お瀬衣さん自身も、事情は分からへんまんまやったと思います」

松永堂の名前も、公表されることはなかったのだろう。

「罪は華焔一人に着せられた、そういう事ですね」

玄一郎ははっきりと言い切った。徳太郎はそれには何も答えず、ただ深い吐息をついただけだ。

「ともかく、命は助かったんや。京を出て、しばらく幽閉されたとしても、いずれ家族で暮らすことができる。お瀬衣さんにとっては、それだけが慰めやったろうと思います」

そのささやかな希望も、華焔が殺されたことで、すっかり消えてしまったのだ。

「多恵に、この『天馬飛翔図』を見せたのですが……」

玄一郎が言いかけると、俯（うつむ）いていた徳太郎がハッとしたように顔を上げた。

「多恵は、華焔の絵に親しんでいたそうですね。徳太郎さんは、町絵師だった頃の華焔を贔屓にしていたとか……」

「多恵が、そない言うてましたか」

徳太郎の眼差しが、なぜか揺れている。

「式岡華焔の絵には詳しいようでした。お陰で、書画に暗い私は助かっています」

徳太郎の狼狽ぶりに疑念を感じながらも、玄一郎はハハと笑った。

「多恵が絵師になりたいなどと考えたのも、徳太郎さんの影響なのでしょう。絵師になるのを止められたのが、よほど不服やったようです」

その辺りは、笑い飛ばせる話だ。徳太郎が反対したのは、娘の、女人としての将来を考えてのことだ……、そう玄一郎は思っていたのだ。

「多恵は、画賛の筆跡が式岡華焔の物ではない、と言うてるんです。絵は確かに華焔が描いた、せやけど、画賛と落款は、華焔の手ではないと……」

それを確かめていただきたいのです、と玄一郎は言った。

「そうどすか。多恵がそないな事を……」

徳太郎は一つ大きく深呼吸をしてから、再び絵に見入っていた。

しばらくの間、無音になった。空気が先ほどより重くなった気がした。

やがて、徳太郎は腰を伸ばすと、深刻な顔を玄一郎に向けた。

「確かに、画賛も落款も、華焔先生の物とは違います。それと、これは言い難いんどすが」

徳太郎はひどく困惑した様子で、言葉を続ける。

「絵は、華焔先生の物のようです。いいえ、誰が見ても、式岡華焔やて言いますやろ。

せやけど、先生が馬の絵を描く筈はあらしまへん。少なくとも、町絵師やった頃、そない言うてたことを覚えてますよって」

「馬の絵は、描かへん？　それは、どういうことです」

「絵所の絵師になってから、心変わりをしはったんかも知れまへんけど……」

――馬の絵は描かへんことにしとるんや――

ある日、徳太郎の知人宅で男児が生まれた。元気に育って欲しいとの願いを込めて、祝いに馬の絵を贈ろうと考え、華焔に頼んでみた。

ところが、華焔は申し訳なさそうに徳太郎の依頼を断った。その理由が……。

「華焔には天馬ていう息子さんがいてはったんどすけどな。この天馬はんが、自分の名にもある馬が好きで、馬の絵ばかり描いてはるんどす」

華焔は幼い頃から息子に絵の技術を教え込んでいた。天馬は、まだ八歳やそこらの頃から、徳太郎も舌を巻くほどの腕前だったという。

「天才肌、て言うんどっしゃろな。華焔先生も先行きを楽しみにしてはりました」

その息子が、ある日父にこう言った。

――どうか、馬の絵だけは描かんといて下さい。お父はんに描かれたら、馬の絵でわてが天下一になれへんさかい――

「華焰先生は、わしは馬は描かん、て、息子に約束したそうどす」

「では、この絵を描いたんは？」

「息子の天馬はんかも知れまへん」

徳太郎の言葉に、玄一郎は何かで頭を殴られたような気がした。

「まさか、そのようなことが……」

思わず声が上ずった。徳太郎は苦渋に満ちた顔でかぶりを振った。

「そうとしか思えしまへんのや。せやさかい、華焰先生は自分が描いたて言わはったんやろ」

でなければ、息子が処罰されてしまう。

「それにしても、なんで、こないな絵を描いてしもうたんか……」

徳太郎は戸惑いを見せて呟いた。

十四歳では、まだ事の重大さが分かっていなかったのかも知れない、と玄一郎は思った。ただ、好きな馬の絵を描いて、思いついた画賛を入れ……。

その時、玄一郎の頭にある考えが浮かんだ。

「もしや、誰かの依頼を受けたのでは？」

玄一郎は自分の言葉に、確信めいたものを感じた。

「当時、天馬は絵所の見習いやった。若いとはいえ、絵の腕は確かや。天を翔ける馬の絵を描かせ、画賛を入れさせる。大人やったら、大事になると警戒する。年若い天馬やからこそ、絵師としての腕試しやとでも言われて、喜んで引き受けたのかも知れません」

徳太郎はしばらく考え込んでいたが、やがて改めて玄一郎を見てこう言った。

「『尊王論者』の公家は、禁裏には幾らでもいてますさかい、誰かに『尊王論』を吹き込まれたんかも知れまへん」

天馬自身が、意識して描いたのではないか、と徳太郎は言うのだ。

その筋もある、と玄一郎も納得したが、どうしても理解できないことが、一つだけあった。

「天馬が描いたのだとしても、落款に華焔の名を入れた理由が分かりません」

すると、徳太郎はすっと指先を伸ばし、画賛の次の行を示した。

「天馬飛翔図」と書かれ、さらにその下に「式岡華焔」とある。

「大抵、華焔先生の落款は、『華焔』のみどす。『式岡華焔』とは入れまへん。天馬は自分の名を落款として入れています。この『天馬飛翔図』の『天馬』の箇所どす」

最初、この絵には、「天馬飛翔図」という題名が入っていなかったのだろうと徳太郎は言った。

「天馬が、絵の最後に、自らの名、『天馬』の落款を入れていたとしたら……」

華焔は自ら、その「天馬」の下に、「飛翔図」を付け足し、さらに、「式岡華焔」の姓名を、落款として書き込んだ。

「筆跡も画賛のものに似せてあります。息子を守るために、必死やったんでしょうな」

華焔は、いつの段階でこの絵の存在を知ったのだろう、と玄一郎は思った。「降馬事件」が起こり、問題とされる元絵として「天馬飛翔図」を提示された。

まず、摂関家と所司代の間で、撒かれた墨摺絵の出処が捜される筈だ。京で絵草紙や、書画を扱う店は、当然、吟味の対象となる。

その中で、松永堂が浮上した理由はなんだろう、そう思った玄一郎は、徳太郎に当時起こった出来事の一連の流れを尋ねてみた。華焔と親しいのならば、身近で何かを見聞きしているのではないか、と、考えたからだ。

「何もかも、いきなりやったさかい」

徳太郎は戸惑いをその顔に浮かべる。

「正月の三日、突然、洛中に馬が降った、て大騒ぎになって」

ばら撒かれた紙を、今度は町方の雑色が総出で拾い集めて行った。さらには、役人があちらこちらの町内を訪ねて、拾った者は差し出すようにと言った。

「集められた紙が、近隣の神社や寺の境内で燃やされてましたわ」

――いったい、あれはなんやったんやろ――

洛中では噂が飛び交った。

――天子様の民への詔や。幕府から天皇に権力を取り戻せ、て言うてはるんや――

そんな話が、もっともらしく流れた。

「いくら何でも、そないな物騒な話は、おおっぴらにはできしまへん」

徳太郎は否定するようにかぶりを振った。

「せやけど、天子様が『王政復古』を望んではるのも、『尊王』の志のある者が禁裏内にいてはるんも、京のもんならよう知ってます」

そうこうする内に、松永堂の話が囁(ささや)かれ始めた。

「自分が版木を作った、て言う彫師(ほりし)が、所司代に名乗り出ましてな。彫師の口から松永堂が注文主やと分かり、その松永堂から、墨摺の元絵が出て来たんどす」

「その元絵がこの『天馬飛翔図』で、作者が式岡華焔てことになったのですね」

「へえ」と頷いて、徳太郎は肩を落とした。

世間を騒がしている事件に、自分の息子が関わっていた。それを知った華焔はどれほど驚いたことだろう。

その後、華焔は息子を問い詰め、何があったのかを聞き出し、その上で、自分が絵を描いたことにしたのではないだろうか。

松永堂は、絵の作者に頼まれて、言われた通りにしたと証言した。その作者が息子の天馬であったとすれば、間に入った者がいた筈だ。ところが、その仲介者が誰かは分からないまま、絵の作者となった華焔一人が罪を負った。

(ならば、事の次第をすべて知っているのは、息子の天馬ということになる)

当時、十四歳だったという、まだ大人になり切れていない少年……。彼にこの絵を描かせた者が、「降馬事件」の主犯なのだ。

「やはり、禁裏の『尊王論者』か……」

「大義滅親」を信条に「王権復古」を目的とする「尊王論者」。おそらく久我島が「大滅派」と呼んでいる輩なのだろう。

「天馬が出奔したのも、華焔の死に関わりがあるのでしょうか」

玄一郎の言葉に、徳太郎は無言になった。

「それで、残された家族の行方については、何かご存じではありませんか?」

玄一郎は改めて徳太郎に問いかけた。

「妻女と、幼い弟妹がいた筈ですが……」

「女手一つで、二人の子を育てるのは、並大抵のことやあらしまへん」

しばらく沈黙を守っていた徳太郎は、やがて、何かを決意したように玄一郎に顔を向けた。

「いつかは言わなならんと思うてました。この絵が現れたんや。きっと、今日がその時なんどっしゃろな」

玄一郎は戸惑いを覚えた。徳太郎の言わんとしていることが、全く分からなかったからだ。玄一郎が尋ねたのは、あくまで式岡華焔の家族についてだ。

「多恵が、私どもの実の娘ではないことは、すでに知ってはりますな」

急に改まった態度で問われて、玄一郎は呆気にとられた。

正直な話、たった今、その話を徳太郎が口にするまでは、思い出しもしなかった。

三年前、縁組を願い出た時、玄一郎は徳太郎にこう言われた。

——実は、多恵は養女どすねん。幼い頃にゆえあって、知人の子を貰い受けたんどす。それからは実の娘として育てて来ました。せやから、わてにとってもお篠にとっても、多恵は娘やし、徳之助の妹どす——

った。

玄一郎はさすがに驚いたが、それでも多恵を娶りたいという思いには変わりはなか

——気立ての良い娘さんです。私のような男にはもったいないくらいです。武家との婚姻は少々面倒なことになりますが、どうか、お許しいただきたい——

多恵には養女だとは話していないのだ、と徳太郎はさらに言った。

——何があっても、多恵は緑仙堂の娘どす。榊様がそれを承知で嫁に迎えたいと言わはるんやったら、その事、多恵には告げんとって欲しいんどす——

——多恵殿は、知らずとも良いことです——

「なにゆえ、今になって、そのような話をしはるんですか?」

困惑する玄一郎を見つめて、徳太郎は重そうに口を開いてこう言った。

「多恵が、式岡華焔の娘なんどす。母はお瀬衣。当時の名は、夕衣」

唖然とした。言葉が何も思い浮かばない。

「多恵が、華焔の娘やったんですか」

玄一郎は念を押すように繰り返した。多分、自分自身の頭に、その事実を刻みつけるために……。

「先ほども言うたように、幼子二人を女手一つで育てるのには無理があります。何よ

りも、華焔先生の死で、お瀬衣さんはえらく気落ちしてはりましてなあ。子供二人を、しばらくうちで預かってましたんや」

「上の男児の名は、確か……」

「颯馬どす。強い子で、涙一つ見せしまへん。母親が嘆き悲しんでいる傍らで、健気に妹の面倒を見てました。まだ、五歳やていうのに……」

幼子二人の世話をしている内に、徳太郎とお篠の頭にある考えが浮かんだ。それは、下の娘を自分たちの養女にしてはどうか、ということだった。息子の徳之助も、弟妹ができたことを喜んでいた。

お瀬衣は随分悩んだが、ついに娘を徳太郎夫婦に託すことを承知した。

――夕衣は幼い。うちのこともすぐに忘れますやろ。じきに徳太郎さんやお篠さんを、実の親やて思うようになります――

咎人の娘として厳しい暮らしをさせるより、よほど幸せになれるとお瀬衣は考えたのだ。

――颯馬だけでも、うちが立派に育てます――

お瀬衣は強い決意の籠った口ぶりで、徳太郎に言った。

「北山に叔父がいてはるとか……。その縁故を頼って、お瀬衣さんは京を出て行かはりました」

「その後、お瀬衣という人は、二度とここには来なかったのですか？」

「文は何度か受け取りました。娘の様子が知りたかったようどす。せやけど、夕衣から多恵に名前を変えて、もうすっかり緑仙堂の娘になったことを薄々感じはったんどっしゃろなあ。文も来んようになりました」

「颯馬のことは、何か聞いてはおられませんか」

玄一郎はさらに踏み込んで問いかけた。式岡華焔には、多恵の他に、二人の息子がいる。天馬と颯馬の兄弟が、あの「降馬事件」をどう捉(とら)えていたのか知りたかった。

少なくとも兄の天馬の方は、事の次第のすべてを知っている節がある。出奔したのがその証しのように思えた。

一方、颯馬の方はどうであったろう？　兄と妹がいなくなり、一人で母を支えて生きていたのだろうか。

「颯馬の消息だけでも、分かりませんか？　徳太郎殿と華焔の関わりを知っているなら、こちらを訪ねることもあるかと……」

「そうどすなあ」

徳太郎は考え込んだ。

「少なくとも颯馬の方は、来てくれてもええて思うんどすけどなあ」

「現れてませんか」

失望を感じながら、玄一郎は言った。

「多恵もここにはいてまへん。今さら顔を出すこともあらしまへんやろ」

「天馬は？」

無駄だと思いつつさらに尋ねる。

「どこで何をしてはんのやら。せやけど、元気でいてさえくれれば、それでええんどす」

どこか案じるように、その視線を庭先へ向けて徳太郎は言った。

緑仙堂を出た玄一郎は、孝太夫から聞いていた魅山堂を目指して歩き始めた。日はすでに高くなっている。どこかで蕎麦（そば）でも食べようと店を探していた時だ。

「あのう」と、背後から声をかけられた。振り返ると、目の前に徳之助がいた。

少しばかり息が荒い。店を出る玄一郎を見かけて、急いで後を追って来たようだ。

「私に何か？」

尋ねると、徳之助は肩を上下させながら、「玄一郎様にお話があります」と言った。

人通りの多い道の真ん中で立ち話もできなかったので、玄一郎は、丁度、目に付いた蕎麦屋へ徳之助を誘った。

徳之助は床几に座るなり、運ばれて来た湯飲みを手に取って茶を啜る。喉が渇いている、というより、何か迷っている風だった。

「親父様との話が聞こえて来て……」

湯飲みを置いてから、徳之助はやっと口を開く。

「颯馬のことどす」

と、徳之助は顔を上げて玄一郎を見た。

「何か知ってはるんですか？」

思わず勢い込んで問いかける。だが、徳之助は言いかけただけで、再び考え込んでしまった。

「話して下さい。なんでも良いのです」

玄一郎は先を促した。

「自信がある訳やないんどす」

やがて徳之助はおもむろに語り出した。

「もしかしたら、わてが出会うたのが、颯馬やったのかも知れまへん」

三年ほど前のことだ。

「多恵が、玄一郎様に嫁いだ頃やったと思います」

茶葉問屋仲間の集まりがあった。その帰り道、徳之助は、数人の酔っ払いに絡まれてしまった。場所は三条大橋(さんじょうおおはし)の上だ。前後を挟まれ、逃げることもできない。

「一人の男が通りかかりましてな。わてを助けてくれはったんどす」

男はそれは鮮やかに、酔っ払いどもを叩き伏せてしまった。

「わてが礼を言おうとすると……」

――気にせんといておくれやす。あんさんには恩があるので、それを返しただけのことどす――

「そない言うて、その場から立ち去ってしまいました」

「恩というのは?」

「それが、全く身に覚えがあらへんのどす」

徳之助は困惑しながらも、去り際に、手にしていた提灯を男の顔に向けた。ちらりと見た横顔に、なんとなく見覚えがある。

「家に帰ってからも、しばらく考えてましてなあ。そんな時、父と母が話しているんが聞こえたんどす」

――多恵の嫁入り姿、綺麗どしたなあ――

お篠がため息交じりに言った。

――お瀬衣さんにも、見せてあげとうおした――

――ほんまや。どこにいてはるんか分からんもんやさかい、知らせてやることもできひんかった――

「その言葉にハッとしましたんや。せや、あの子や、て……」

「あの子とは……」

「颯馬どすわ。大人になっても、確かに面影が残ってました」

「ほな、その頃、颯馬は京にいたのですね」

自ずと玄一郎の声音が強くなる。

「きっと、多恵のことを、どこか遠くから見守っていたんやないかて思います。考えてみれば、多恵はもう夕衣やあらしまへん。それに緑仙堂の娘として育ちましたさかい、今さら兄とは名乗れしまへんやろ」

「徳之助さんに恩返しや、ていうたのは……」

「多恵を育てた、わての両親への感謝の気持ちどすやろな」

不思議な気がした。今目の前にいる徳之助の他に、多恵にはもう一人の、いや、二人の兄がいるのだ。

頼んだ蕎麦はとっくに運ばれていた。腹が減っている筈なのに、箸をつける気にもなれない。それは徳之助も同じのようだ。

「それきり、颯馬には会うてませんか?」

改めて尋ねると、徳之助は、怪訝そうな顔でじっと玄一郎を見た。

「玄一郎様は、ほんまに気がついてはらへんのどすか?」

徳之助に問い返されて、玄一郎は呆気に取られた。言葉の意味が分からない。

「会うどころか、たまに見かけます。向こうが何も言うて来はらへんし、きっと事情があるんやろ思うて、わても知らんふりをしてますのやけど、幾らなんでも、玄一郎様は……」

徳之助は信じられない、と言うようにかぶりを振った。

「それはいったい、どういうことなんですか?」

さすがに玄一郎は苛立ちを隠せなくなる。

「いつも一緒にいてはりますやろ。わてはてっきり知ってはるもんやと思うてました。せやのに、親父様に尋ねてはるんを聞いて、なんや、おかしな話やなあ、て……」

「私と一緒に……。颯馬がですか?」

「いえ、今は小吉と名乗ってはりますやろ」

玄一郎には、もはや言葉はなかった。

「わてもじかに確かめた訳やないので……」

衝撃を受けた玄一郎の様子に、徳之助の方がかえって慌ててしまったようだ。すかさず、自分の言葉をごまかそうとする。

「玄一郎様は、とっくに知ってはると思うたもんやさかい……」

「知っていながら、私がなんでもない振りをしていると、そない思うていたのですか？」

なんとか言葉は出て来たが、とても自分がしゃべっているとは思えない声だ。

「多恵に知られとうはおまへんやろ。それは、わても親父様もお母はんも、何よりも、颯馬自身が望んでへんことやさかい、当然、玄一郎様もそうか、と……」

多恵は自分が緑仙堂の娘だと信じている。家族皆でそのように育てたのだ。今さら、実の母、実の兄の存在が何になろう。ましてや父親は咎人なのだ。

「ほんまに、小吉が颯馬なのですか」

玄一郎はさらに念を押した。

「へえ、わてを助けた後、『恩返しや』て言うて、少しだけ笑わはったんどす。その顔で、颯馬を思い出したんどすわ」

緑仙堂に預けられていた間、颯馬は微塵も笑わなかった。幼いながら、顔はどこか悲壮だった。事情はよく分からないながら、見ているだけで胸が痛んだ。

「なんとか笑わせよう思うて、わては何度も声をかけました」

徳之助は、颯馬よりも五歳上だった。兄弟のいなかった彼は、自分よりも小さな颯馬のことが気にかかり、何度も凧上げや独楽回しに誘ってみたが、颯馬からはなんの反応もなかった。

幼い妹は、お篠や家の女子衆の目が行き届いていたので、なんの心配もいらなかった。それでも、颯馬は妹から目を離そうとはしない。

「お父はんが亡うなったことは聞きました。兄さんがおらんようになったことも、女子衆の噂話で知っていました。妹の方はなんも分からず、皆に世話して貰うて笑うてる。なんや、子供心にも颯馬が哀れどしてなあ」

徳之助は、颯馬の前に顔を突き出すと、百面相をしたのだという。指で両目の端を引き下げたり、鼻の頭を押さえて舌を出したり、思いつく限りの面白い顔を作った。

「結局、颯馬は最後まで笑いもしなければ、何も言おうとせんかったんどす」

別れの日、お瀬衣に手を引かれて、颯馬は緑仙堂を後にした。なぜ、妹が残されたのか、母親からその理由を聞かされていたのだろう。涙一つ見せようとはしなかった。

「二人が去ろうとした時どす。颯馬がいきなり振り返って、わての方に駆け寄って来たんどすわ」

――兄ちゃん、おおきに。兄ちゃんの顔、面白かったわ――

それだけ言うと、颯馬は初めてにこりと笑ったのだ。

「二十年も前のことどすわ。顔なんぞほとんど覚えてまへん。せやけど、あの笑うた顔だけは、今でもはっきりと思い出せますのや」

颯馬は父親似のようだった。妹の多恵は母親に似ていた。二人の顔立ちがあまり似ていないこともあってか、多恵の中に颯馬を見ることはほとんどなかった、と徳之助は言った。

「わてを助けてくれたあの男が、ほんの一瞬笑顔を見せた時、わての頭に颯馬の顔が浮かんだんどす。せやさかい、はっきり言えますわ。小吉さんが、多恵のほんまの兄の颯馬なんどす」

徳之助は真剣な眼差しで、きっぱりと言い切っていた。

「なんや、腹が減りましたわ。蕎麦、先によばれます」

それまで、胸の奥につっかえていたことをすべて吐き出したのか、徳之助は箸を取ると、すっかり冷めた蕎麦を啜り出した。下を向いて無心に食べながら、涙ぐんででもいるかのように、時折、目を擦(こす)っている。

「わてはは待ってますのや。小吉さんの方から、わてに会いに来てくれるのを……」

徳之助はそう言うと、空になった器を置いて、玄一郎に笑いかけた。くしゃくしゃになったその顔は、泣いているのか笑っているのか分からず、まるで百面相のようだと玄一郎は思った。

其の五　魅山堂

徳之助と別れて二条御幸町の魅山堂へ向かう間、玄一郎は緑仙堂の親子の言葉を何度も頭の中で繰り返していた。

多恵が式岡華焔の娘、夕衣？　小吉が華焔の息子で、多恵の兄の颯馬？

（ならば、小吉はずっと多恵のことを……）

実の妹と知りながら「奥方様」と呼び、その行動を見守っていたのだろうか？

考えてみれば、小吉が玄一郎の手下になったのは、多恵が玄一郎の許(もと)に嫁いだ頃(ころ)だった。

役に立つ男や、と、玄一郎に小吉を薦めたのは伊井沼孝太夫だ。玄一郎が小吉について尋ねても、孝太夫からは詳しい話を聞けなかった。

(御隠居は、いったいどこまで知っているんやろ)

玄一郎は、手にした掛け軸の包みに視線を向けた。元々は、忠兵衛殺しの下手人を挙げるのが目的だった。そこへ「天馬飛翔図」が現れ、二十年前の「降馬事件」に、松永堂が関(かか)わっていたことが分かった。一つの流れに渦が生まれ、それが大きく育ち、いつしかその渦の中に、玄一郎はともかく、小吉や多恵までが放(ほう)り込まれそうになっている。

(小吉は、何をしようとしてるんや)

しばらく来られない、ということだが、こうなるとただ事ではないような気がする。

(何にせよ、多恵を巻き込まねばええんやが……)

多恵には、このまま何も知らせずにおきたい。それが玄一郎の願いだったが、すぐに案ずることはない、と思い直した。小吉も、きっと同じことを考えている筈(はず)だったからだ。

「古道具魅山堂」と白地で染め抜かれた暖簾(のれん)が、ひらりひらりと風にそよいでいる。

門口は狭い。見た限りでは、本当に商売をする気があるのか、と首を捻るような店構えだ。

格子戸を開けて一歩中に入ると、細長い土間が奥へと続いている。左手の小座敷から土間に沿って、座敷がさらに二間続いているが、幾つも置かれた棚には、茶道具から塗椀、壺や花器、掛け軸などが小綺麗に並べられていた。薄暗い店の中を、行灯がほんのりと照らし出している。

何度か声をかけると、手前の座敷の左側の障子が開いて、一人の老人が顔を覗かせた。行灯の明かりに浮かび上がったその顔が、一瞬、翁の面に見え、玄一郎の心の臓がドキリと跳ね上がる。

「魅山堂の主人、音兵衛どす。どなたはんどっしゃろ」

翁の面は能舞台さながらに、すすっとやって来て、玄一郎の前にちょこんと座った。

玄一郎は一呼吸置いてから、慌てて頭を下げていた。

「西町奉行所の同心、榊玄一郎という者です。伊井沼様の使いで、預かり物を返しに上がりました」

玄一郎は掛け軸の包みを、音兵衛に見せた。年齢は七十歳を超えているだろうか。髪は真っ白だったが、顔の皺はそれほど多くはない。糸のような細い目が笑っているように見え、本当に翁面を付けているようだ。

「それはそれは、わざわざご足労どした。どうぞ上がっておくれやす」

障子の向こうは暗い廊下だった。二階へ上がる階段が黒光りしている。音兵衛は右に向かって歩き出した。間もなく視界が白くなり、昼下がりの庭が、眼前に現れた。

庭に沿って行くと、突き当たりに部屋があった。客間なのだろう。落ち着いた広々とした座敷になっていた。

「お尋ねしたいことがございます」

玄一郎は腰を下ろすと、さっそく音兵衛に問いかける。

「この絵を手に入れられた経緯（いきさつ）を話していただけませんか。これは『天馬飛翔図』と言うて、二十年前に洛中（らくちゅう）で起こったある事件に関わる品です。絵が松永堂にあった理由も、お聞かせいただければ、ありがたいのですが」

「松永堂は、この『天馬飛翔図』を奇妙講に出そうとしてましたんや。それを、わてが向こうの言い値で買い取ったんどす」

音兵衛は淡々とした口ぶりで答えた。

「二十年前の『降馬事件』では、一人の絵師と町方が命を落としました。すべてはこの絵がきっかけです。もしかして、あなたは何かを知ってはるのと違いますか？」

玄一郎は掛け軸の包みに目を落としてから、すぐに顔を上げる。

「式岡華焔の護送役やった同心は、私の父、榊玄信でした。父が何ゆえ命を落としたのか、下手人は誰（だれ）なのか。私はそれをどうしても知りたいのです」

玄一郎は手早く包みをほどくと、音兵衛の前に「天馬飛翔図」を広げた。

まるで枝の茂った大木を前にしているようだ、と玄一郎は思った。幹が全く見えない。今現在、いったい何が起こっているのか、皆目見当もつかなかった。

「私はあなたに話してくれ、と頼んでいるのではありません。これは松永堂の忠兵衛殺しにも関わることです。嫌だと言わはるんやったら、奉行所で語っていただきます」

相手が老人だろうと、伊井沼の知人であろうと構わなかった。玄一郎は脅すつもりで、音兵衛をじっと見つめる。

「事の発端は、松永堂どした」

やがて大きく吐息をついて、音兵衛は口を開いた。

八月が終わる頃、忠兵衛が魅山堂を訪ねて来た、と、音兵衛は言った。

――ええ絵がおますのやけど、こちらで買（こ）うてくれまへんやろか――

――どなたはんの絵どすやろ――

「それが」と、やや言い淀んでから忠兵衛は答えた。

――式岡華焰、どすねん――

「生前、有名やった絵師の絵は、結構な価値があります」

音兵衛は奇妙講を通じて松永堂と知り合った。その頃から、何か良い掘り出し物があれば売って欲しい、と頼んでいたのだ。

「ほれ、五月に偽心中事件に絡んで、忠兵衛はんが罪を問われたことがおましたやろ」

「よく存じています」

自死した絵師と殺された女が、心中に見せかけられて堀川に沈められた事件だ。忠兵衛を捕縛させたのは、他ならぬ玄一郎自身だ。

「しばらく商売を禁じられたことが、後々に響いたらしゅうて、えろう金に困ってはるようどした」

周囲には、すぐに持ち直したように見えていたが、かなり無理があったらしい。

「松永堂が先代から秘蔵していたもんや、て言わはるさかい、絵の謂われを尋ねたんどす」

――「天馬飛翔図」どす――

と、忠兵衛は声を潜めるようにして言った。

――「降馬事件」の咎人となって、護送中に命を落とした、あの式岡華焔の最後の絵なんどすわ――

「しかし、絵はすでに燃やされたのでは？　私は、ある方からそう聞きました」

玄一郎の言葉に、「その筈どした」と音兵衛は言った。

「わてもそう思うてました。ところが、松永堂の先代、久右衛門が、偽絵を描かせて、本物とすり替えていたんや、て忠兵衛はんは言うんどす」

「偽絵……」

思いも寄らなかった言葉に、玄一郎はごくりと息を呑んだ。

「そっくりに描かせ、それを全く同じ表装で仕立てたんやそうどす。松永堂は、墨摺絵にするために、元絵を借りていました。せやから本物がどないなもんか、よう知ってはったんどすわ」

「せやけど、本物と変わらぬ偽絵を作るには、相当な腕がいるんと違いますか？」

「全く同じものにする必要はなかった、とか」

――表装が同じやったら、それでよろしゅうおす。実際に火に投げ入れるんは、下役人や。袖の下を摑ませたら、簡単にすり替えてくれましたわ――

「そうやって、松永堂は本物の『天馬飛翔図』を手に入れたのですね」

当時から、松永堂はすでに偽絵に関わっていた。ただし、久右衛門がやらせたのは、その一回だけだったのだろう。しかし、その時、忠兵衛はそのやり口を覚えたのだ。

「手に入れても、すぐに売る訳には行かしまへん」

音兵衛はそう言って、かぶりを振った。

「人の頭から事件の記憶が消えるまで、待つ必要がおました」

ところが、やっと忘れられた頃に「宝暦事件」が起こった。松永堂は絵を売ることができないまま、今に至ったのだという。

絵を買った音兵衛は、さっそく孝太夫に披露した。

「孝太夫はんも、あの『降馬事件』を覚えてはりました。絵をもっとよう見てみたい、て、そない言わはるんで、お貸ししたんどすわ」

「実は、この『天馬飛翔図』を描いた真(まこと)の絵師は、華焔ではないかも知れへんのです」

玄一郎の言葉に、たちまち音兵衛の顔から表情が消えた。

「式岡華焔は、馬の絵は描かんのやそうです」

「せやったら、誰が描いたんどす？　華焔は認めたさかい、罪を問われたんどすえ」

「息子の天馬ではないかと思えるのです。天馬は馬の絵が得意だった。それに画賛の筆跡が華焔の物とは違う、て言うもんもいてます。息子やったら、父親が庇うたかて不思議はありません」

「式岡華焔は息子の罪を被った、と、そない言うてはるんどすか？」

「画賛の字が違うのは、別人が描いた証しではないか、と」

玄一郎は改めて音兵衛の顔を見る。

音兵衛は急に押し黙ってしまった。太い白眉の下から、刺すような視線が玄一郎に向けられている。

「どうかしましたか？」

そう問いかけようとした時、「ようおます」と音兵衛が言った。

「そこまで知ってはるんやったら、話してもよろしおすやろ」

音兵衛のその顔には、強い決意の色が浮かんでいた。

「式岡天馬は、父親の縁故で、十二歳の時に絵所の見習いになりました。それから瞬く間に画才を発揮しまして、ことに馬の絵を描かせると、なかなかなものやったそうどす」

音兵衛は、式岡天馬について語り出した。最初は驚いていた玄一郎も、しだいにその話に聞き入っていた。

魅山堂の音兵衛……。その正体も気になる。だが、今はそんなことよりも、玄一郎の全く知らない真実を語る音兵衛に、強い関心を抱いたのだ。

「天馬の噂が、ある日、主上の耳に入りました」

天馬は初めて目通りを許された。天馬が十四歳の時だ。主上は天馬に、眼前で絵を描くよう命じた。

「『天馬』の名前から思いついた画題やったようどすが、すでにその頃には、主上には何か思うところがおましたんやろ」

「やはり、『天馬飛翔図』を描いたのは、息子の天馬なのですね」

「そうどす」と頷いて、音兵衛は静かな口ぶりで言葉を続けた。

「天馬の絵に、主上は自ら画賛を入れた。この『天馬翔雲上、聖雨潤天下』は、主上自身の手によって書かれたもんなんどす」

「待って下さい。あの画賛は、主上の直筆なのですか」

玄一郎は驚きのあまり息を呑んだ。

「よう見ておくれやす」

痩せて皺の目立つ指先をスッと伸ばして、音兵衛は「天馬飛翔図」の一点を示した。

「画賛の筆跡と、『天馬飛翔図』、それに『式岡華焰』。これらの文字の手が違います」

「天馬」の文字は、天馬自身の物だった。その字に似せて、華焰は「飛翔図」と「式岡華焰」の落款を書き加えた。

「つまり、この絵は、三人の人物による合作ということになります」

音兵衛はほうっとため息をついた。一呼吸置くと、ちらりと玄一郎を上目使いで見てから、さらに語り続ける。

「主上は、『天馬飛翔図』を密かに下御霊社に奉納し、『王政復古』を祈願しはりました」

享保十三年（一七二八年）、霊元法皇は、修学院山荘に出遊の折、下御霊社に参拝し祈願文を収めた。祈願の内容は「邪臣である徳川家を排し、王政復古を望む」ものであったという。

霊元法皇は、主上の曾祖父に当たる。当時から、すでに「王政復古」は天皇家の悲願でもあったのだ。

「前例があるんやったら、何も『天馬飛翔図』を槍玉に挙げんかて良いのではありませんか？」

玄一郎は疑問を口にする。

「『降馬事件』が、きっかけになったんどっしゃろな。主上が密かに願うだけやったら、さほど大事にはならしまへん。せやけど『尊王論者』が動き、それを洛中に広めようとしたんやったら、摂関家も所司代も見過ごせしまへんやろ」

「一刻も早う終わらせるために、十四歳の若者一人に、罪を負わせようとしたのですね」

憤りのあまり思わず声が大きくなるのを、玄一郎は精一杯抑えながら言った。

もはや他人事(ひとごと)ではなかった。多恵が、小吉が、さらには、玄一郎の父、榊玄信が関わっている。

「絵は天馬が描きました。せやけど、画賛は明らかに主上の筆跡どす。主上が関わっていることは、禁裏としても隠し通さなならん秘密どす。絵師一人の罪で済ませられるなら、これにこしたことはあらしまへん」

「それで、父親の華焔が代わりに罪を被った、と……」

「自分の栄誉よりも、息子の将来を守ろうとしたんどっしゃろな。落款の筆跡を主上の物に似せることで、画賛を書いたのも、華焔やてことにしたんどす」

吟味はすべて、関白、一条兼香(いちじょうかねよし)の差配の許に行われた。

「関白は五十五歳やったか。若い主上を支えて、これまで力を尽くして来はったお人どす。せやけど、主上の『王政復古』への思いがしだいに強うなり、周辺の若い公家の中にもその気運が見えるようになると、幕府との関わりを案じるようになりました」

一条兼香の娘三人は、一橋家、水戸藩主、紀州藩主の正室、または継室となっていた。

「関白の御正室は浅野氏から、後添えは池田氏から嫁いで来てはります。そりゃあ将軍家とも大名家とも縁が深うおました。せやけど、それだけやあらしまへん」

「王政復古」に熱を上げていた公家の中に、摂関家、鷹司の縁戚の者が混じっていたのだという。

「関白は、鷹司家から一条家に、後継者となるために養子に入ったお人どした」

火は、まだ火種か火の粉に過ぎなかった。後に「尊王論」を唱えた竹内式部は、まだ存在の片鱗すらなかった。放置しておいても、やがて消えるほどの小さな火であったかも知れない。しかし、一条兼香は徹底的に火を消そうとした。主上だけではなく、己の実家にも害が及ばぬように……。

「松永堂が関白の意に沿って動きました。松永堂の久右衛門と忠兵衛親子に、『王政復古』やとか、『尊王論』などという『志』なんぞはあらしまへん。捕縛され、禁裏で吟味を受けた途端、事の次第をべらべらと白状しました。関白は、松永堂に新しい筋書きを語らせたんどす。すべては絵師一人が勝手にやったことや、と」

ところが、それには大きな問題があった。「天馬飛翔図」を描いた絵師が年若い式岡天馬では、誰しも疑念を抱いてしまう。

「天馬の将来を潰しとうなければ、父親として罪を被れ、と……」

おそらく、関白の一条兼香が華焔を脅したのだろう。

――代わりに、息子や他の妻子には害が及ばぬようにしてやる――

それくらいは言ったのかも知れない。

「松永堂が証言すれば、それで事足ります。所司代も禁裏側の意向を汲んで動きました。こうして『降馬事件』の幕引きが図られたんどす」

それが事の顛末だと、音兵衛は言った。

「随分詳しいのですね」

玄一郎に新たな疑念が生まれた。

「まるで、その場にいてはったように聞こえます」

「いやいや、人から聞いた話を、それらしゅうに語っただけどす」

そう言ってわざとらしく破顔するが、音兵衛の目は笑ってはいない。

「ついでに、その後の話も聞きたいのですが……」

　玄一郎はさらに問いかけた。この謎の老人が何を言い出すのか興味もある。

「華焔は京を追われ、問題となった絵は、燃やされてしまいました。これで主上が関わったという証拠は無うなりました」

　関白、所司代も立ち合いの許、禁裏付の役人の手で燃やされた筈の、「天馬飛翔図」。ところが、それが偽物だったという噂が密かに流れるようになった。

　そうなると、絵を欲しがる者も現れる。

「禁裏内に潜む『尊王論者』どすわ」

「『大義滅親』を掲げる、『大滅派』ですね」

　すると、音兵衛は小さくかぶりを振った。

「『大滅派』として動き出したのは、宝暦の事件の後のことどす。当時はまだ人数も少のうて。竹内式部が現れるまでは、『尊王論』も、さほどの広がりはなかったんどす。せやからこそ、主上の画賛の書かれた『天馬飛翔図』は、どうでも手に入れとうおましたんやろ」

　だが、事件の後だ。処罰を怖れるあまり、「尊王論者」も息を潜めて生きなくてはならなかった。

「その絵を、松永堂が隠し込んでいたのですね」

以来、「天馬飛翔図」は、松永堂の蔵で眠り続けた。

「ところが、久右衛門が亡うなってから、息子の忠兵衛はあることを思いつきました」

父親と共に「降馬事件」を起こした忠兵衛には、「天馬飛翔図」の価値がよく分かっていた。宝暦事件で、「尊王論」に関わる公家のほとんどが処分されている。しかし、いずれ再び「王政復古」の気運が高まる時が来ると考えた。

「忠兵衛は、父親がやったように、『天馬飛翔図』の偽絵を作ったんどすわ」

(忠兵衛なら、あり得る話や)

玄一郎は胸の内で呟(つぶや)く。

「あなたはその偽絵を見たことがあるのですか?」

「残念なことに、わては見てしまへん。せやけど、絵師は画賛も落款の筆跡も、見事に真似(まね)たと忠兵衛は言うてました」

「それで、松永堂はその偽絵をどないしたんですか」

「わてにも分かりまへん」

音兵衛はその顔に戸惑いを見せる。

──式岡華焰の最後の絵や、て言えば、欲しいもんは幾らでもいてる──

忠兵衛は、音兵衛と価格を交渉する時に、そう言って値を釣り上げた。

「もし、『大滅派』がこの絵を手に入れようとして、偽絵を摑まされたとしたら、彼等はどうするのでしょうか？」

何気なく、その言葉を口にしてから、玄一郎は思わず「あっ」と声を上げていた。

「忠兵衛を殺したのは、もしかして……」

「わてもそうやないかて思うてます。『大滅派』が絵を求めるならば、松永堂は金を取る訳には行かしまへん。彼等が元々所有していた絵だと言われれば、それまでです」

「王政復古」を唱える「尊王論者」が、再び動き出していることは、久我島から聞いて知っていた。彼等はすでに江戸において、反幕の動きを強めようとしている。

天皇家を頭に戴いている京の町衆と違って、将軍家のお膝元である江戸で「尊王論」を訴えるには、かなり厳しいものがあった。

「天馬飛翔図」には、今上の父、桜町帝の直筆の画賛が入っている。それが詔の役目を果たす。絵はその桜町帝が「王政復古」の願いを込めて、禁裏の絵師に描かせたものだった。松永堂は、それを預かっていたにすぎない。

「あなたが、この絵を手に入れようとした訳をお聞かせ下さい」

改めて玄一郎は音兵衛に尋ねた。

「松永堂の忠兵衛というのは、欲深い男どす。『降馬事件』で、関白に言われるままに嘘(うそ)の証言をした久右衛門と同じどした。忠兵衛にとって、この『天馬飛翔図』は、まさに金の生(な)る木の一本どす。そないな男の許に、この絵を置いておくのが忍びなかったんどす」

どのような形で、忠兵衛が「大滅派」に絵を渡したのかは分からない。それとも、渡すのを避けていて、あの事件が起こったのかも知れなかった。

「それにしても、『尊王論者』は公家か学者です。人殺しまでするでしょうか？」

そういう意味では、華焔殺しの下手人も「尊王論者」とは思えない。幕府が関わっていないならば、やはり、関白が差配する禁裏側ということになるのだろうか。

「『尊王論者』側も、腕の立つ浪人者を金で雇うているんどす。藩が改易になり、仕官もままならへん侍は、京に溢(あふ)れていますのや。そないな輩(やから)は、幕府に対しても不満を持ってます。そこに加えて、金が得られるとなれば、幾らでも『大滅派』の猟犬になるてもんどすやろ」

町衆の中には、資金を出して「大滅派」を支える者がいる。その金で、幾らでも人が雇える。

「奇妙講が、その金の出処どすわ」

音兵衛ははっきりと言い切った。

「勿論、客は、ただの『物好き』どす。その物好きから金を吸い上げているのは、『講』を仕切っている伊佐船屋の庄吾郎どす」

長崎問屋の伊佐船屋が、奇妙講を始めたという話は、玄一郎もすでに小吉から聞いている。しかし、商人は「志」ではなく「利」で動くものだ。

「『大滅派』に加担することで、伊佐船屋はどないな利益を得られるのですか？　京の町衆が、江戸の将軍よりも、天子様の方を大切にしているのはよう分かってます。商人の中にかて、『利』よりも『志』で動くもんもいてるでしょうが……。それでも」

と、玄一郎は音兵衛の顔をまっすぐに見た。

「幾ら大事な『志』であっても、そのために人を殺めたり、他人の家族を壊したり、平気でできるものなのでしょうか」

大声で叫びたいほど、玄一郎の胸は悲痛な思いで一杯になった。

「子を思う父親の心を利用したり、役目に励む者を無残にも殺したり……」

ふいに涙が溢れそうになる。

「松永堂が、偽絵絡みで殺されたのなら、自業自得てもんかも知れません。せやけど、それでもちゃんとお縄にかかって罪を償うんが、本道と違いますか？」

音兵衛に言ったところで、八つ当たりに過ぎない。だが、玄一郎の脳裏には小吉や多恵の姿が浮かんでいた。

本来なら、互いに「兄」「妹」と呼び合う二人だ。しかし現実には、多恵は小吉が実の兄とは知らずに生きている。おそらく、小吉の方から名乗ることはしないだろう。式岡華焔が、「咎人」である限りは……。

「あんさんは、優しいお人どすな」

音兵衛の顔が綻(ほころ)んだ。

「ほんまに、お父上によう似ておられる」

一瞬、時が止まった気がした。柔らかく吹き寄せる風が庭木の葉を揺らす音も、庭石の間から湧(わ)き出る泉水の音も、それらすべてが途絶えたかに思えた。

「父を知ってはるんですか？」

そう問いかけて初めて、玄一郎は目の前の人物がただ者ではないことに気がついた。いや、すでに感じてはいたのだ。二十年も前の事件に、やたらと詳しいこの男は、魅山堂の音兵衛とは、果たして何者なのだろう、と……。

その時だ。背後の襖の向こうで、ほんのわずかに空気がさざ波のように揺れた。

玄一郎は咄嗟に腰を浮かし、右膝を後ろに回して半身になった。同時に手元に刀を引き寄せ、鯉口を切る。立ち上がる勢いで一歩前に踏み出し、抜き放った刀で、襖を真横に薙ぎ払った。

奇岩の渓谷が描かれた水墨の襖絵に、獣の爪痕のような裂け目が入った。玄一郎は襖に向かって突進すると、足で襖を蹴りつけた。

光のあまり差さない薄暗い部屋で、何やら人影が動いた。一歩踏み込んだ途端、ひらりと赤い布のような物が広がり、玄一郎の視界を覆った。それを切り裂こうとした時、ピシリと刀を持つ手首を叩かれた。

怯んだ瞬間、目の前にふわりと何かが落ちて来た。

「落ち着け、敵ではない」

静かな声が耳元で聞こえ、ハッと気がつくと、傍らに一人の男が立っている。男は閉じた舞扇の先で、刀を握っている玄一郎の手首を押さえていた。

「猩々児っ」

玄一郎は思わず声を上げていた。改めて視線を向けると、そこには、猩々児が着ていた長羽織があった。

「すまぬ。驚かせたようだな」

猩々児はにこりと笑った。

「どういうつもりや。話を立ち聞きしていたのか？」

身の躱し方があまりにも鮮やかだった。それには感心したが、同時に腹も立った。一歩間違えば、武器も持たない男を一人斬っていたかも知れないのだ。

「この襖、応挙でしたか」

玄一郎の胸の内など気にする風もなく、猩々児は呆れたように破れた襖を眺めている。

「いや、蕪村はんや」

音兵衛が平然と応じていた。

「もしかして、値の張る絵やったんでしょうか？」

急に不安になって来た。慌てて刀を鞘に納めると、玄一郎は頭を下げる。

「驚かせた方が悪いんどす。気にせんといておくれやす」

そう言いつつも、音兵衛はどこか惜しげな顔で、襖の残骸に目をやった。

「それにしても、見事な斬り口どすなあ」

音兵衛は感心したように言ってから、視線を再び玄一郎に戻す。

「どうやら、お父上と同じ居合の技を、心得ておられるご様子……」

「あなたは、いったい何者ですか？」

そう、玄一郎が尋ねた時だ。

「まあ、ひとまず座ろう」

猩々児が、何食わぬ顔で促した。猩々児は、再びあの羽織を身に着けている。赤地に藤の花の長羽織が一際派手に見えた。

猩々児が先に座った。玄一郎は、手にしていた刀を右膝に沿わせるように置いてから、ゆっくりと腰を下ろした。

「わてらは猩々衆(しょうじょうしゅう)て言いましてな、国中を巡って、田楽(でんがく)踊りやら占卜(せんぼく)で活計(たっき)を立てております」

玄一郎はちらりと左側奥にいる猩々児に目をやった。

「あなたは、この男の仲間なのですか」

「猩々衆の頭目どした。今はこの猩々児が跡を継いでおります。わても年どすよって、旅暮らしは辛(つろ)うおましてな」

音兵衛は相好を崩す。

「今は隠居して、細々と古道具を商うております」

「ただの隠居とはとても思えません。奇妙講に関わり、『天馬飛翔図』を松永堂から買い取り、さらには、あの延享三年の『降馬事件』について、詳しく話してくれました」

その瞬間、音兵衛の目が鋭い輝きを放った気がした。

「猩々衆は、山走（やまばしり）が本来の仕事どす」

「やまばしり、とは……？」

初めて聞く言葉に、玄一郎は困惑していた。

「早い話が情報集めどすわ。旅芸人は、どの御領内にも出入りします。猩々の名の通り、山から山へ、各所、大名のご領内を巡って、その地で起こっていることのすべてを把握するのどす」

「それは、幕府の隠密ということでしょうか」

「幕府とも、禁裏とも繋（つな）がりはあらしまへん。得た情報を、必要な藩に売るだけどす。いち早く情報を知ることが、藩の存続に関わって来ることもおます。他藩の動きは、いろいろと気になりますよって。せやさかい、幕府に目を付けられとる外様の藩からは、重宝されます」

「『間者（かんじゃ）』であることには、まちがいないのでは？」

「犬にも、飼い犬と山犬がいてますよって……」

音兵衛はそう言ってから、小さく笑った。

「面白うおすな。わてらは『猩々』やのに『山犬』とは……」

「あなたは、私の父について、何か知ってはるんですか?」

玄一郎がさらに問いかけると、音兵衛は大きく頷いた。

「式岡華焔は、近江国に護送される途中に、賊に襲われましたんや」

近江から京へ向かっていた音兵衛等の一行は、偶然、その場に行き合わせてしまった。

「とはいえ、わてらは、危険な場所にわざわざ出て行くようなことはせえしまへん。猩々衆には、女や子供もいてますさかいな。仲間のためやったら闘いもしますが、見ず知らずの、それも何やらよう分からん争いは、見過ごすのが無難どす」

仲間と共に岩場の陰に身を潜め、音兵衛は一部始終を見ていたのだという。

「賊は、五、六人、いてましたやろか。町方は、雑色が三人、同心が一人。町方が雑色を一人逃がしましたんで、三人しかいてしまへん。しかも、二人の雑色はすぐにやられてしもうて……」

音兵衛はそこで一呼吸すると、再び口を開いた。

「あれが式岡華焰やったのは、後になって知りました」

音兵衛が語ろうとしているのは、玄一郎の知り得ようのなかった、父、玄信の最期の姿であった。

「同心が華焰を守って闘ってましたんやけどなあ。何しろ、相手の方が数で勝ってます。それに、いずれもなかなかの手練れのようどした」

ついに榊玄信は倒れ、華焰もその命を断たれてしまった。

「賊の姿が消えるのを待って、わてらもその場から去りました。わてらは情報は集めますけどな。それだけどすねん」

「賊について、何か手掛かりはないのですか？」

その場を見ていた者がいた。それがいかに貴重なものか、町方である玄一郎には、身に染みてよく分かる。

「浪人風やったが、顔の下半分を布で覆っていたのでよう分からしまへん。ただ、事を終えた後、一人がこう言っているのが聞こえました」

——漁りは終わった。船主にそう伝えよ——

そのことばを受けて、すぐさま一人の男がその場から去って行った。

「『船主』とは、いったい何者なのです？」

すかさず尋ねた玄一郎に、音兵衛はこう答えた。

「『漁り』と『船主』……。刺客が残したこの二つの言葉から、思い当たるのは『伊佐船屋』どす」

音兵衛は神妙な顔で答えた。

「奇妙講を仕切っているという、あの伊佐船屋庄吾郎ですか?」

「そうやとは言い切れまへん。せやけど、伊佐船屋が浪人者を使うたとも考えられますのや」

「あなた方は、いったい何をしようとしているのですか?」

玄一郎は怪訝(けげん)な思いで、音兵衛と猩々児の顔を交互に見た。

その時だった。庭先に人の気配がした。その方に目を向けると、若い女が立っている。以前、蓬萊屋の門前で、猩々児を迎えに来た娘に似ていた。

「首尾は?」

すかさず、猩々児が尋ねた。

「整っております」

娘は答えてから、玄一郎に顔を向け、軽く一礼する。

「夏乃(かの)というて、わての娘のようなものどす」と、音兵衛が言った。

「ようなもの、とは？」

はっきりしないその物言いに、玄一郎は疑念を覚えて問いかける。

「旅暮らしをしていますとな、よう孤児に出逢(であ)います。飢饉(ききん)や旱魃(かんばつ)、洪水、さらには一揆(いっき)の犠牲になった者等の子供どすわ。一人では到底生きては行かれしまへん。そないな子を拾うては、猩々衆に育て上げるんどす」

「では、こちらの猩々児も……」

ちらと視線を猩々児に向けて問いかけた玄一郎に、音兵衛は困惑したように眉根(まゆね)を寄せた。

「さあて、それは……」

なぜか言葉を濁す。

「私は、これで……」

猩々児はサッと立ち上がると、玄一郎に言った。

「ここまで関わったのだ。今後、あなたの力を借りることにします」

「借りるも何も、これは、始めから俺(おれ)の事件や」

言い返した玄一郎に、わずかな笑みで応じて、猩々児は夏乃を引き連れて去って行った。

「猩々児とは何者ですか」

　あまりにも鮮やかな引き際に、少々呆気に取られながらも、玄一郎は音兵衛に尋ねていた。

「あなたの息子ではないのなら、やはり、先ほどの娘と同じ、孤児なのですか？」

「猩々児は、わての息子どす」

　今度はやけにきっぱりと言い切ったが、すぐに「いいや」と小さくかぶりを振る。

　あまりにも煮え切らない態度に、玄一郎はいよいよ不審なものを感じた。

　しばらくの間沈黙が続いた。玄一郎が辛抱強く待っていると、やがて音兵衛はおもむろに話し始めた。

「大津へ向かう街道で、華焔と護送の町方が襲われた時、あんさんの父上は皆を守ろうと闘ってはった」

　刃が風を斬る音、激しく打ち合う音、夕暮れの山道で、木々の間から洩れる落日の光が刃を照らし、血飛沫が上がる。悲鳴と怒号が入り乱れ、荒い息が吐き出され、苦痛に呻く声が地を這って行く。

　そんな光景が、玄一郎の目にも見えるようだった。それほど、音兵衛の言葉は、玄一郎の胸を激しく打っていた。

「見ているのは、辛うおました。できるだけ仲間をその場から離れさせ、耳を塞(ふさ)がせ、目を閉じさせて……」

男等だけなら、助太刀もあり得たかも知れない。だが、女と子供を巻き込む訳には行かなかった。それに、本来それは山走の仕事ではない。

「わてらは見ることと聞くことが生業(なりわい)どす。他人の争いには関わらんのが掟(おきて)どした」

二人の雑色が倒れ、玄信は華焔ともう一人を守ろうと、賊の前に立ちはだかっていた。

「もう一人？　護送されていたのは華焔だけの筈ですが」

「それが、今一人、若者がいましたんや。十四、五歳くらいの……」

玄信一人では防ぎきれず、華焔はついに刃に倒れた。

――お父はんっ――

若者は叫んで、父親の身体(からだ)に取り縋(すが)った。だが、もはや華焔に息はないようだった。

「玄信殿が、若者の身体を引き離しましてな。すぐに逃げるよう言いましたんや」

若者はすぐに動こうとはしなかった。それでも、玄信に説得され、木立ちの間へと逃げ込んだ。

賊の一人が若者の後を追った。止めようとして玄信は斬られ、その場に倒れ込んだ。

猩々衆の一行は、何もかも終わるのを待ってから、その場を去った。

「街道ではなく、山中を通りました。松明を掲げた町方が、峠に向かうのが、木々の間から見えました」

それから間もなく、叢の中に身を隠すようにして、先ほどの若者が倒れているのを見つけた。身体に刀傷を負っていたが、息はあった。

「わては、その若者を助けました。息を吹き返してから、若者は、自分が式岡華焰の息子であることを話してくれましたんや」

式岡天馬と名乗り、事の次第を音兵衛に語った。

父親が京を離れようとしていた日に姿を消し、行方知れずとなった天馬は、護送される父の後を追っていたのだ。

「『罪は自分にある。父親に無実の罪を着せたまま、絵師を続けることはできひん』。そない思うて、父親と運命を共にしようとしたんやそうどす」

「せやけど、天馬がお咎めを受けた訳ではありません。近江での幽閉は、華焰一人と決まっていた筈です」

「玄信殿が、幽閉所に着くまでの同行を許してくれたんやそうどす。その間に、充分に親子の別れをするように、て」

玄信は罪人を思いやり、己の命をかけてまで守ろうとした……。

「役目に忠実で、温情もお持ちやった。それが、あんさんの父上、榊玄信殿どす」

音兵衛はそう言って、玄一郎を見つめた。玄一郎は思わず俯いてしまった。涙が溢れそうになったからだ。

「あの猩々児が、天馬どす。わてにとっては、実の息子も同然どす。せやさかい、息子の願いは叶えてやりたい」

音兵衛の声には、切実なものがあった。

「猩々児は、これから何をするつもりなのですか？」

涙を振り払うようにして、玄一郎は問いかけた。

「父を殺された無念を、晴らそうとしていますのや」

音兵衛は、ゆっくりと言葉を刻むように言った。

「自分が父親に汚名を着せ、命まで落とさせてしもうた。天馬はそない考えて、己自身を責め続けているんどすわ。この二十年という月日を、ただそうやって……」

音兵衛は、「降馬事件」と、「華焔殺し」について、ありとあらゆる情報を調べたのだという。

「天馬には家族がいてます。弟と妹どすわ。継母の方は、実家のある北山で、病が元で亡くなりました」

「母御は、すでにこの世にはいないのですか」

多恵を、実の母親に会わせてやることはできないのか……。それを思うと、多恵が哀れになった。記憶にはないかも知れない。それでも、その温もりはきっと覚えている筈なのだ。

「天馬は、弟妹を捜そうとはしないのですか」

「家族が離れ離れになった原因は、自分があの絵を描いたせいだと、そない思い続けているんどす。継母にも弟妹にも、申し訳が立たないと……」

音兵衛は、ちらと「天馬飛翔図」に目をやった。

「この絵が、ほんもんかどうか、わても最初は疑うてました。何しろ、相手があの忠兵衛どしたさかい……」

考えてみれば、偽絵が一枚だけとは限らないのだ。

「せやけど、描いた本人には分かります」

「では、猩々児が、これは自分の描いた絵だと言ったのですね」

念を押すように玄一郎は尋ねた。音兵衛は大きく頷いた。

「画賛を書いたのが主上自身だということも話してくれました。天馬がこの絵を描くに及んだ経緯も、華焔が罪を被った件も、すべて天馬自身が語ってくれた話どす」

「天馬は、下手人について目星を付けているのですか？」

「おそらく、『尊王論者』ではないか、と……」

関白、一条兼香は、事の次第を把握していた。元々、「尊王論」とも「王政復古」とも無縁だった式岡天馬が、「尊王論者」等に利用されたことも知っている。だが、「尊王論者」には主上が関わっていた。その事実が幕府の耳に入ることを、関白側は何よりも怖れた。

関白は華焔に、天馬の身代わりとなり、すべては自分自身一人がやったことだ、と認めるよう説得した。

それは華焔がこれまで築いてきた、絵師としての地位も栄誉も失ってしまうことだ。しかし、代わりに天馬の将来は約束された。

「摂関家側は、それで事件を終えるつもりやったんどす。せやさかい、護送中の華焔の命を狙う理由があらしまへん」

音兵衛はそう言って、ゆっくりとかぶりを振った。

「しかし、華焔は『尊王論者』のせいで処罰を受け、家族とも離れ離れになったのです。その上、命まで奪うとは、とても考えられません」

「華焔の一行を襲ったのが伊佐船屋ならば、そういうことになりますのや。猩々児は、今、それを探っております」

江戸で「大滅派」の動きがあることは、玄一郎も久我島から聞いていた。もし、華焔殺しに伊佐船屋が関わっているのなら、今も「尊王論者」に援助を続けているとも考えられる。

「猩々衆は、昨年、伊勢で巡業をしてました。伊勢には、竹内式部の幽閉所がおます。天馬は猩々衆に情報を集めさせましたんや」

見張りが常に家の周囲にいた。それでも、必ず出入りできる者がいるのだ、と音兵衛は言った。

「厨（くりや）に食料を届けに来る行商人どすわ。麦や野菜、それに海が近うおますさかい、時には魚も……。あくまで幽閉処分なので、餓死させる訳にはいかしまへん」

「大滅派」は行商人に金を渡して、文（ふみ）を届けさせていたのだという。

「天馬は金で文を手に入れました。それには、竹内式部を幽閉所から連れ出し、江戸へ送る算段が書かれてありました」

文の中身を確認すると、再び文は行商人に返した。他人に見せたことは、行商人の方も知られたくはない。改めて口止めをする必要もなかった。

玄一郎は思わず息を呑んだ。

「まさか、彼等は、本気で反幕の狼煙を上げる気なのでしょうか？」

「いずれにしても、何がしかの動きがある筈どす」

音兵衛はそう言うと、すでに巻いてある「天馬飛翔図」を手に取った。

「それを、どうされるおつもりですか」

「忠兵衛が襲われた時、松永堂には、本物がなかったんどす。忠兵衛がじかにわての許にこの絵を届けずに、他人を使うたんは、『大滅派』を惑わせるためどしたんやろ。せやけど、もし忠兵衛が脅されたんやとしたら、本物の在り処を……」

「しゃべる筈です。あの男なら……。己の命が危ういとなったら、おそらく……」

そうなれば、絵が魅山堂にあることがすぐに分かってしまう。

「この絵をあんさんに預けます」

音兵衛は真剣な眼差しを玄一郎に向けた。

「天馬は『大滅派』を潰すつもりどす。何も知らない自分を巻き込み、父親の命を奪った『尊王論者』への復讐を果たす気でいます。『大滅派』は必ず本物の絵を狙うて来る。せやさかい、あんさんに守って貰いたいんどすわ」

「最初から……」

しばらく間を置いてから、玄一郎はおもむろに口を開いた。

「そのつもりやったんやないんですか？　あなたは、私を関わらせるために、伊井沼様にこの絵を見せた。いいや、そのために、松永堂から買い取ったのでは？」

「父親の死の真相を何よりも知りたがっていた、榊様。それに、配下の無念の死を、生涯、胸に刻みつけて生きておられた孝太夫はん……。わてらの思いは一つどす。あんさんも、妻や手下の大切な兄を、むざむざ死なせたいとは思わしまへんやろ」

「ご存じ、やったんですね。颯馬と夕衣のことを……」

玄一郎は啞然(あぜん)として音兵衛を見つめた。

「もしや、天馬も？」

「言いましたやろ。猩々衆は、山走や、て。あらゆる情報を集めるのが、本当の生業どす」

音兵衛はそう言って、静かに笑った。

其の六　伊佐船屋

魅山堂を出ると、すでに日は傾いていた。秋が近づいて来るのが、夕暮れ時の寂しさからも分かる。

父、玄信は、式岡華焔と息子の天馬を守るために死んだ。お役目を果たそうとしたのだ。それは確かに玄一郎にとっても誇りであった。せめて、その最期の様子が、母の生前に伝えられていたら……。それを思うと、胸が詰まる思いがする。ただ救いがあるとすれば、二人が今は共にいて、息子の玄一郎をあの世から見守ってくれていることぐらいであろうか。

しかし、今考えるべきなのは、小吉と多恵のことであった。果たして、小吉は猩々児が天馬だと知っているのだろうか。

ふと多恵の言葉を思い出した。

──四条河原で、小吉さんを見たんどす──

多恵は、小吉が猩々踊りの一座のいる小屋から出て来た、と言っていた。

(もし、小吉が猩々児と関わっているとしたら、すでに伊佐船屋を探っているんかも知れん)

天馬が小吉を巻き込んだ……？

そう思うと、怒りに似たものが湧いて来る。

（なんで、俺に言わんのや）

玄一郎と小吉は、ただの主従の関係ではない。これまで、そう信じて来たのに……。

胸の内が収まらないまま玄一郎は家に戻った。

玄関口で声をかけたが、なぜか多恵は出て来ない。そろそろ灯があっても良さそうなものだが、なんとなく部屋の奥が暗かった。

「多恵、どないしたんや？」

玄一郎は玄関座敷に上がった。奥へと続く襖に手をかけ、一呼吸置いてから一気に開けた。

薄暗がりに、ぽっと小さな火が点(とも)る。煙草(たばこ)の匂(にお)いが鼻先を漂っていた。

玄一郎は左手を刀の鯉口にかけながら、ゆっくりと腰を落とした。右手に掛け軸を持っていたので、すぐには抜けなかった。

そうっと畳の上に掛け軸を置く。火は、まるで呼吸するように点ったり消えたりしていた。目が慣れると、人影が見えた。どっしりとした仏像のように、床の間を背にして座っている。

玄一郎は右手を刀の柄に当て、一気に抜き放とうとした。

その時だった。

「やめときなはれ」

と、野太い男の声がした。誰かが行灯に火を入れた。黄昏時の暗がりに、ぽうっと浮かび上がったその姿は、玄一郎が初めて目にするものだった。

大柄で両肩が張った身体つき。髪は半白だが、四角い顔に太い眉が印象的だ。年の頃は、五十代半ばといったところか。

時折口から煙管を抜いては、プハアと白い煙を吐いている。

「あんた、誰や。なんでここにおるんや。多恵をどないした?」

玄一郎は周囲に視線を走らせ、多恵の姿を捜した。

「焦らんかてようおます。奥方様やったらいてますよって……」

廊下で足音がした。ドタドタという乱暴な音だ。

襖が開いて、浪人風の男が現れた。男は多恵を連れていた。背後から抱えるようにして、その喉元に小刀の刃を突き付けている。

「旦那様っ」

玄一郎の姿を見た多恵が、声を上げた。

気丈にも怯えた様子は見えない。

「町方のお役人様の女房どす。こちらも丁重に扱わして貰うてますよって」

男は抜け抜けと言い放った。

「あんた、ええ度胸やな。ここは同心の組屋敷や。そこに押し入って、妻女を人質に取るとは……」

悲鳴一つで近隣は素早く動く。奉行所にも隣接しているだけあって、町方はすぐにでも駆けつけるだろう。

「父の、知り合いやて言わはるもんやさかい……」

多恵が申し訳なさそうに玄一郎を見た。

「徳太郎さんの?」

「へえ。旦那様にどうしても頼みたいことがある、て、そない言わはって、つい先ほどまで……」

「美味(うま)い茶を馳走(ちそう)になってました」

と、男が相好を崩す。

「お前は、押し込みに茶を出してやったんか……」

その姿を目にしたことで、幾分安堵(あんど)した玄一郎は、叱(しか)るような口ぶりで多恵に言った。

「すんまへん。こないに危ない御方とは、思うてしまへんどした」

本当は怖ろしかった筈だ。だが、同心の妻として、多恵は毅然と振舞おうとしていた。

「奥方を責めたらあきまへん」

男は宥めるように、玄一郎に言った。

「わてが欲しいのは、あんさんが持ってはるその絵どす」

男は視線を玄一郎の足元に向けた。そこには、あの「天馬飛翔図」の包みが置いてある。

玄一郎は再び包みを手に取った。

「御挨拶が遅れて、えらいすんまへん」

男はゆっくりと立ち上がる。

「わては、伊佐船屋庄吾郎てもんどす」

玄一郎は驚いて、一瞬声を失っていた。会いたいと思っていた男が、向こうからやって来たのだ。

「ちょうどええ、あんたには聞きたいことがあったんや」

「ほな、まずは取引からどす。本物の『天馬飛翔図』を渡して貰いまひょ」

庄吾郎はそう言って、玄一郎の前までやって来た。恰幅は良いが、身長は玄一郎より頭一つ分低い。

庄吾郎は玄一郎を上目で見て、片手を差し出した。

「その前に、多恵を放せ。言うとくが、下手な手出しはするんやないで」

声を低く落として脅してみるが、さほど応えている様子はない。

「ようおます」と庄吾郎はあっさり答えて、多恵を放すよう、配下の男に指示を出した。

男が刀を引き、多恵を玄一郎の方へと押しやった。縋りついて来たその身体を、玄一郎は抱きとめる。庄吾郎は、すかさず玄一郎の手から「天馬飛翔図」を取り上げた。

「わての配下は他にもいてますよって、妙なことは考えんといておくれやす。あんさんだけやのうて、奥方様もいてはるんやさかい……」

開け放たれた障子の向こうの庭先にも、数人の人影が立っているのが見える。

「『大滅派』か?」

玄一郎は聞いた。

「『王政復古』や『尊王論』を支持しとる奴らか?」

「そうどす。皆、今の徳川の世に不満を持ってはるんどすわ」

「町衆に、『志』があるて言うんか?」

玄一郎はさらに問いかけた。

「おかしゅうおすか。わては、そのために奇妙講を作りましたんやで」

金のある商家の旦那衆を『講』に呼び込んでは、珍しい書画や骨董を売るのだと庄吾郎は言った。

「高名な絵師の隠された名品には、皆が飛びつくんどすわ。競売で値はどんどん吊り上がります」

「『偽絵』については、どうなんや？」

「元々奇妙講は、『大滅派』に金を融通するために、松永堂の久右衛門とわてとで始めたもんどす」

「商売人が、『尊王論者』に加担して何の得がある？」

商売人ならば「利」で動く。「王政復古」や「尊王論」といった「志」があるとは到底思えないのだ。

「確かに松永堂の親子は、目先の利益で動いてましたわ」

庄吾郎は真顔で頷いてみせる。

「金にさえなれば、どないな仕事でもこなし、『降馬事件』の折には、関白と手を結んで嘘の証言かてしました」

「尊王論者」を排斥しようとしていた関白が、華焔一人に罪を着せて、事を収めようとした理由は二つあったのだ、と庄吾郎は言った。

「一つは主上の存在を隠匿（いんとく）すること、後一つは……」

「鷹司家の縁者が関わっていたことを、隠すため……」

玄一郎の言葉に、庄吾郎はほうっと言って目を細めた。

「知ってはるようどすな。鷹司家は五摂家の一つ。しかも関白の実家やった。幕府の耳に入るといろいろと都合が悪い。せやさかい……」

庄吾郎は改めて玄一郎を真向から見つめた。

「関白様と取引をしましたんや」

——主上のこともありますよって、『尊王論者』が罰せられることがないよう、事を収めておくれやす——

「関白と、じかに話し合うたて言うんか？」

堂上人と、一商人が対等に渡り合えるものだろうか。玄一郎は疑念を抱く。

「見くびって貰うては困りますなあ」

庄吾郎は胸を張るように、大きく身体を反らした。

「幾ら身分が高い言うたかて、台所事情は厳しいものがおます。わてら商人が、それをお助けしてますのや。ことに関白様は、徳川の家筋に、次々に御息女を嫁がせてはります。その体面を保つために、わてらのような商人は重宝されますのや」

　庄吾郎が収める異国の品々は、堂上人を喜ばせた。

「ならば、華焔の命を奪うたのも……」

「事情を知るもんがいては、関白様にも『尊王論者』にも、都合が悪うおます」

「せやったら、なんで処罰をもっと厳しゅうせんかったんや。京から追放して、二年の幽閉所暮らし。その後は、京には戻れぬまでも家族と一緒にいられる。息子の身代わりになったとしても、華焔もそれで納得してたんやないか？」

「ああ」と、庄吾郎はぽかんとした様子で玄一郎を見た。

「まさか、華焔を殺すつもりで、わてが刺客を送ったと思うてはるんどすか？」

「違うのか」

　玄一郎はすっかり面食らってしまった。

「華焔が知ってんのは、天馬の描いた絵が幕府を批判するもんやった、てことだけどすわ。このままでは天馬が罰せられる。息子の将来のために身代わりになった。それだけどす」

「せやけど、華焔は殺されたやないか」

「わてらが口を封じようとしたんは、息子の天馬の方どすねん。何しろ真実を知っているんは、この天馬やさかい……」

ところが、肝心の天馬は、禁裏からも土佐家からも姿を消した。

「もしや、と思うて後を追ったんどすわ」

自分が狙われているとも知らず、天馬は父親の許に向かったのだ。

「華焔も護送の役人も、そのために命を落としたんどす。まあ、結局は逃げた天馬も仕留めたさかい、それで事は済みましたんやけど」

深手を負った天馬が、音兵衛等に助けられたことまでは、どうやら庄吾郎も知らないらしい。

「忠兵衛を殺したのも、お前なんやな」

玄一郎はさらに言葉を続けた。

「松永堂の久右衛門とは、足並みも揃うてたんどすけどなあ」

宝暦十二年（一七六二年）七月、桃園天皇が二十二歳の若さでこの世を去った。まさに宝暦事件の渦の真ん中にいた人物だ。竹内式部の「尊王論」の薫陶を受けた公家を何人も身近に抱え、宝暦事件の折には、彼等を守ろうとして摂関家と対立までした。

後継者である英仁親王は、五歳と幼少であったため、今は桃園天皇の異母姉の内親王が、中継ぎとして帝位についている。

この女帝には「王政復古」の願望はなく、摂関家としては実に扱い易い存在なのだ、と庄吾郎は言った。

所詮(しょせん)、「王政復古」など絵に描(か)いた餅(もち)……。久右衛門が亡くなった後、忠兵衛は、「大滅派」を支援したところで、自分には利益はないと判断した。

「それからどす。忠兵衛が奇妙講に偽絵を出すようになったんは……。その方が儲(もう)けも大きい。松永堂はそうやって、より多くの利益を自分の懐(ふところ)に入れるようになりました」

「つまり、忠兵衛は奇妙講を、己の欲に利用したんやな」

庄吾郎は、最初は、奇妙講で偽物が出回っていることを知らなかったのだ、と玄一郎に言った。

「せやけど、結局、目を瞑(つぶ)ることにしましたんや。『大滅派』に回す資金が、どうしても入用どしたさかいな」

「忠兵衛は、その金もごまかしていたんと違うか。奇妙講の帳簿は見てへんが、松永堂の隠し帳簿では、相当儲けていたようや」

ふむと庄吾郎は頷いた。どうやら、そのこともすでに知っているようだ。

「それで、忠兵衛を殺したのか？　『天馬飛翔図』の偽絵を渡されただけやない。奇妙講を裏切ったもんやさかい、それで……」

「それだけやおまへん」

　庄吾郎は、鋭い眼差しを玄一郎に向けた。

「忠兵衛は『大滅派』の動きを幕府に知らせてました。このままにはしておけへんさかい、刺客を送りましたんや」

（忠兵衛が、幕府と通じていた）

　確かに、久我島は、江戸で「大滅派」が動き出していることを警戒していた。

　ふと、五月の偽心中事件を思い出した。今から思えば、久我島は忠兵衛と繋がりを持とうとしていた節がある。「降馬事件」に松永堂が絡んでいたことも、本当は、とっくに知っていたのではないだろうか。

　久我島の話では、幕府は「尊王論者」の問題には、直接関わりたくはないようだった。たとえ見て見ぬ振りをするとしても、情報は手に入れたいところだろう。

「せやけど、分からんのはあんたや。商売人が、『王政復古』なんぞに関わって、どないな得があるて言うんや」

　玄一郎は、何よりもそれが知りたかった。

「徳川の世は、窮屈どすねん」

庄吾郎は淡々とした口ぶりで言った。

「わては長崎問屋どす。長崎の出島で異国の品を買うてます。せやけど、できることなら、こちらから船を仕立てて、海へ乗り出して行きたい、て、そない思うてます」

それは、鎖国政策を取る幕府の体制では、到底許されない話であった。

「自由に異国との商売が許される国を作ること。それが、わての望みどすねん。『尊王論者』に力を貸し、幕府を倒して、再び天子様の国になれば、それができるんと違いますか?」

「それは……」と言ったきり、玄一郎は返す言葉を失っていた。

まさに大望だと思った。

しかし、幾ら大望のためとはいえ、他人を不幸にして良いという理屈は通らない。

多恵は、玄一郎の背に身体を押し付けるようにして、身を小さくしている。

「わてらが早う引き上げへんと、奥方様が倒れてしまいますやろ」

玄一郎が腰を支えていなければ、多恵は今にも崩れてしまいそうだった。

「その前に、確かめさせて貰います」

庄吾郎は掛け軸を畳の上に広げた。配下の男が行灯を近づける。庄吾郎はしばらくの間、絵に見入っていた。

　玄一郎も絵を見た。魅山堂と見た物と同じだ。

　もっとも、偽絵かどうか見分ける力は彼にはない。だが、これは天馬自身が、本物だと認めた「天馬飛翔図」なのだ。

「見ただけで分かるのか？」

　ふと興味を覚えて、玄一郎は問いかけていた。

　偽絵と本物の区別はどこで付けるのだろう。率直にそう思ったのだ。お美和の偽絵が見分けられたのは、多恵から「お美和の印」を教えられたからだ。

「何か、印のようなものがあるんか？」

　庄吾郎は顔を上げると、呆れたように玄一郎を見た。

「さすがに、町方の旦那は余裕がおますなあ」

　考えてみれば、玄一郎は守らねばならない妻と二人、悪人どもに囲まれているのだ。

「あんたが商売人なのはよう分かった。ここで町方に手を出しても、なんの得にもならんことは知っとるやろ」

「まあ、騒ぎが起これば、こちらが不利や。せやけど、あんさんかて、奥方に、これ以上怖い思いはさせとうない筈や。せやさかい、ここは手打ちと行きまひょ」

庄吾郎はそう言うと、手早く絵を巻き取った。

「ようできた偽絵は、本物と全く見分けはつきしまへん。せやけどな、一つだけ分かる方法がおますねん」

庄吾郎は訳知り顔で言った。

「筆の勢いや技法は、腕のええ絵師なら幾らでも真似ができます」

「できないことがあるのか?」

庄吾郎は大きく頷いてみせる。

「目どすわ。花や草木、風景やと難しゅうおすけどな。人や動物となると、目に表れるんどす」

「どういうことや?」

「目に、絵師の魂が映り込むんどすわ。偽絵にはそれがあらしまへん。ただ形ばかりの目ん玉どす」

それから、庄吾郎は自慢げに胸を張った。

「まあ、これもわての目利きとしての力量どす。だてに異国の書画や骨董を扱うとるんやあらしまへん」

「ならば、これは紛れもなく、式岡天馬の描いた『天馬飛翔図』なんやな」

「そうどす。画賛は確かに当時の天子様のもんどすわ。筆跡の方は、他の書ですでに確かめてますよって」

ほな、そういうことで、と、庄吾郎は玄一郎の前に馬鹿丁寧に頭を下げた。

「長居をしてすんまへんどした」

配下の者等を従えて引き上げる際に、庄吾郎は、多恵に向かって「御馳走さんどした。美味い茶どしたえ」と笑いかけた。一方、多恵はさっと玄一郎の肩に顔を隠してしまった。

庄吾郎の姿が消えた途端、多恵は全身から力が抜けたようになって、その場に座り込んでいた。

「怖かったやろ」

玄一郎は多恵をしっかりと抱きしめてやった。

玄一郎が背中を撫(な)でてやっている内に、しだいに多恵も落ち着いて来た。その時、庭先に再び人の気配がした。

「旦那、わてどす」

小吉だった。玄一郎はほっと安堵したが、すぐに声を強めて、「今まで、どこにいたんや」と聞いた。

「伊佐船屋を見張っていたんどすが……。まさか、こないなことになるとは、思いもしまへんどした」

「小吉さんを、叱らんといておくれやす」

多恵が玄一郎に縋りつくようにして言った。

「うちは大丈夫どす。ほんまに、お茶を一杯飲まはっただけどす」

――緑仙堂の茶は、京で一番どす。いつも買わせて貰うてますねん――

徳太郎とは親しくしているとでも言うように、庄吾郎は多恵に対して、気さくで愛想が良かった。だが、それも最初の内だけだ。

日暮れになり、そろそろ玄一郎も帰って来ると思われる頃、いきなり、数人の男等が、座敷へと押し入って来た。

――何も、奥方に手を出そうていう訳やおへん。わては御亭主に用があるんどすわ。しばらく不自由させますけど、大人しゅうしていておくれやす――

そうして、多恵は隣室へと連れて行かれた。

「何かあれば、すぐにでも飛び込んで行くつもりどした」

強い口ぶりで小吉は言った。幸い、庄吾郎の方も、騒ぎを大きくするつもりはなかったようだ。何よりも、同心の組屋敷では場所が悪すぎる。

「なんで、伊佐船屋を張ってたんや？」

玄一郎は、そんなことを小吉に命じた覚えはない。

「それは……」と言いかけてから、小吉は一瞬視線を多恵に向けた。

（ああ、そうか）

玄一郎はすぐに納得していた。

（最初から、小吉は、自分の父親を殺した下手人を捜すつもりやったんや）

北山の母親の実家で育てられた、颯馬……。母の瀬衣は病ですでに亡くなった、と音兵衛は言った。丁度、多恵が玄一郎に嫁いだ頃、颯馬は京に現れた。それは、徳之助がはっきりと認めている。

どのようにして孝太夫と関わりを持ったのかは分からないが、小吉と名乗った颯馬は、実の妹の夫に仕えるようになった。

京の情報を集めるのに、町方でいるのは都合が良い。

「その話はまた今度や」

小吉の懸念が、玄一郎にも分かった。あくまで、多恵には知られたくないのだ。

「式岡天馬、て誰のことどす？」

その名前は、多恵の脳裏にはっきりと刻み込まれていたようだ。

「式岡華焔の息子や。『天馬飛翔図』を描いたのは、息子の天馬やったんや」

玄一郎は、小吉の顔を見た。小吉は押し黙ったまま多恵を見つめている。もしや、という思いが玄一郎の胸に湧いて来た。

（小吉は、猩々児が天馬だと知っているのではないか？）

すぐにも問い質したかったが、今は多恵がいる。

「頼みがあるんや」

玄一郎は話を替えた。

「多恵を緑仙堂まで送って行ってくれ。今夜は、向こうに泊まった方がええやろ」

「うちは、もうなんともあらしまへん」

多恵は頑強に言い張った。だが、小吉が諭すようにこう言った。

「旦那もわても、これからせなならんことがあります。また、今日のようなことがあれば、旦那は思うように動かれしまへん。ここは大人しゅう、ご実家に行かれた方がようおます」

珍しく厳しい小吉の口調に、多恵はしぶしぶ承知した。

小吉と多恵が出て行くと、玄一郎は散らかった座敷にどっかと座り込んだ。開け放した障子から、夜風が流れ込んで来る。その風に行灯の火がゆらゆらと揺れていた。

虫の声も聞こえる。狭い町屋と違って、同心の組屋敷は、そこそこ広さがあるので、少々の騒ぎで他人が駆けつけて来ることはない。伊佐船屋も、それを承知で行動していた。それでも一声上げれば、町方に筒抜けになる。多恵はそれをさせないための人質だった。

「随分、悩んでいるようだな」

声をかけられ、庭先に目を凝らすと、すっかり更けた夜の中に、沈み込むような赤色が見えた。長羽織の下の着物が、白く浮き上がっている。

猩々児の声は、清涼な水が流れるように、あまりにも冷静だった。それが、玄一郎には余計に腹立たしかった。

「聞きたいことがある」

玄一郎は、目の前に立つ猩々児を見上げた。

「あんたが、式岡天馬だということは、音兵衛さんから聞いた」

猩々児の顔から表情が消えた。ただじっと玄一郎を見下ろしているだけだ。

「生き別れになった弟や妹のことは、気にならへんのか」

「気にしてどうなる？」

猩々児は問い返す。

「あれから二十年経つ。颯馬も夕衣も、それぞれの人生を生きているのだ。式岡華焔のことなど忘れて……」

「妹の方はそうやろう。当時はまだ二歳やそこらや。せやけど、弟の颯馬は、父親や兄のことを忘れたりはしてへんやろ」

颯馬の名前を出した途端、猩々児は無言になった。音兵衛の話では、猩々児はすでに弟妹のことを知っている筈なのだ。多恵が夕衣であることも……。

玄一郎はゆっくりと腰を上げた。

「四条河原で、小吉という男に会うたやろう」

猩々児の顔が一瞬揺らいだような気がした。

「小吉と、どないな話をしたんや」

さらに問おうとしたが、猩々児はすぐにそれを遮った。

「『天馬飛翔図』が手に入れば、『大滅派』は一気に動く。彼等は江戸に向かい、すでに潜伏している仲間と合流する気だ。幕府も、もう見て見ぬ振りはできぬ。ゆえに、根城に集まったところを叩くのだ。幕府は密かに事を収めるために、『無形衆』を使うつもりだ」

「洛中に散らばっている幕府の隠密役だ。播磨守が差配している」

「無形衆……？」

「幕府が動くのか……」

――事と次第によっては、どうなるか分かりません――

確か、久我島もそう言っていた。

「それより、小吉が颯馬だと、あんたは知っているんやろう。小吉はあんたが天馬かどうか、それを知ろうとして訪ねたんと違うんか？」

再び沈黙してしまった猩々児に、玄一郎は詰め寄った。

「弟を巻き込むつもりか？　多恵が夕衣やてことも知っとるんやろ。考えてみたら、伊佐船屋は、この家で俺を待っとった。まるで、俺が『天馬飛翔図』の本物を持ってんのを知っとるみたいに……」

そこまで言ってから、ハッと気が付いた。

「もしかして、最初から、俺の手に渡ることが分かっていたのか？」

庄吾郎は忠兵衛を殺す前に、本物の「天馬飛翔図」がどこにあるか聞き出した筈だ。魅山堂から、一旦は孝太夫の元に行ったが、絵が再び戻ることは予想していたのだろう。

（ならば、後を付けられたんやろうか）

しかし、玄一郎は魅山堂を出てからまっすぐ帰宅している。その頃には、伊佐船屋はすでに玄一郎の家に入り込んでいた。

「まさか、この家で網を張るつもりやったんか？」

玄一郎は声を強めて問い質した。

「多恵がいてると分かっていて、ここに伊佐船屋をおびき寄せたんか？」

庄吾郎が、同心屋敷であるにも拘らず、この家にやって来たのは、多恵を人質にすれば簡単に絵が手に入るからだ。

「多恵に何かあれば、どないするつもりやったんやっ」

玄一郎は猩々児の胸倉を摑むと、グイと自分の方へ引き寄せた。

「多恵はあんたの妹やろう。それやのに、あないに怖い思いをさせてしもうて……。幾ら長い間離れていたからいうて、妹は妹やないかっ」

声を荒らげ、玄一郎は猩々児を睨みつけた。

「奥方には済まぬことをしたが、お陰で『大滅派』の根城がじきに分かる」

猩々児は、己の胸元にあった玄一郎の手を払い除けた。

「仲間が奴らの後を追っている。後は私が始末をつける。あなたは手を引け」

「始末をつける、て……？」

「伊佐船屋も『大滅派』もこれで終わりだ。京で『王政復古』の火が消えれば、幕府も、江戸に潜伏する『大滅派』を潰し易くなる」

「二十年前の復讐をするつもりなのか？」

「私は猩々衆と共に、これまで『尊王論者』の動きを探って来たのだ」

「宝暦事件にも関わったのか？」

「尊王論者」を潰すつもりならば、あの事件の時でも良かったのではないか、と玄一郎は言った。

「私の狙いは、松永堂と伊佐船屋だ。宝暦の折には、二人ともまだ大きな動きは見せてはいない。『降馬事件』のほとぼりが冷めるのを待っていたのだろう」

実際、庄吾郎と久右衛門が奇妙講を始めたのは、宝暦事件の後だ。

「二十年前、いったい、何があったんや。ほんまに騙されて、あの絵を描いたんか？」

玄一郎は、天馬自身の口から真実を聞きたかった。

「主上に目を掛けられ、『天馬』の題材で絵を描くように言われた。それはとても名誉なことだ。私にとっても、己の力量を存分に発揮できる機会でもあった」

天馬の描いた「天馬飛翔図」が気に入った主上は、自ら絵に画賛を入れた。

「絵の表装を引き受けたのは、禁裏御用達(ごようたし)だった伊佐船屋だ。庄吾郎は、表装を松永堂に依頼した」

表装をするため、絵は一旦、松永堂に預けられた。偽絵は、その折に久右衛門によって作られた。

「絵は、下御霊社に主上の祈願絵として奉納された。伊佐船屋は、『天馬飛翔図』を主上の詔として使おうと考えたのだ」

当時、三十代の血気盛りだった庄吾郎の胸には、すでに幕府の体制への不満が渦巻いていた。船で自由に海外へ乗り出し、大きな商売がやりたい。それには鎖国政策が、壁になっていた。

「『王政復古』によって権力を天皇家に戻せば、思い通りの商売ができる。庄吾郎はそない考えたんやな」

「『尊王論者』を支え、力を貸せば、禁裏に恩を着せることになる」

「後はやりたい放題という訳か……」

だが、久右衛門は賛同したが、忠兵衛は違っていた。

「忠兵衛にとっては、目先の儲けの方が大切であったのだ」

結局、そのために忠兵衛は命を落とした。

「話はこれで終わりだ」

猩々児は、玄一郎に背を向けようとした。

「待て。俺には手を引く気なんぞ毛頭あらへん」

玄一郎が後を追おうとした時だ。ふいに猩々児が玄一郎の懐に飛び込んで来た。その瞬間、鳩尾（みぞおち）に衝撃が走り、息が止まりかけた。痛みと苦しさで思わず膝をついた時だ。

「許せ」と猩々児が言った。さらに首の後ろに手刀を入れられ、玄一郎の身体はその場に崩れ落ちていた。


「旦那、旦那……」

激しく身体を揺さぶられて目が覚めた。眼前がぼうっと明るいが、ぼやけていて良く見えない。

「旦那、わてどす。小吉どす」

さらに揺さぶられる。頭がぼんやりしていた。何が起こっているのか分からない。

そう思っていた時、突然、額に冷たい物がビシャリと当たり、思わずうわっと叫んで飛び起きていた。

小吉が、その手に水の滴る手拭(てぬぐ)いを握っている。正気に戻そうと、玄一郎の額に押し当てたらしい。

「俺はどないしたんや」

玄一郎は強くかぶりを振った。首筋に鈍い痛みがある。頭も重い。

「猩々児にやられた」

やや間を置いてから、玄一郎は改めて小吉の顔を見た。

「お前は、ほんまに式岡華焔の息子なんか？」

「そうどす。華焔の息子で、天馬の弟の颯馬どす」

それから、小吉は神妙な口ぶりで話し始めた。

「京へ来たのは、兄の行方を捜すためどした。それに、嫁ぐ妹の姿を一目見ようと」

「徳之助さんは、お前に気づいとった。お前の方から声をかけて来るのを待っていたんやぞ」

「へえ」と、小吉は頷いた。

「それはよう分かってました。せやけど、わては、どうしても兄さんの行方と、父があないな死に方をした理由を知りたかったんどす」

母が亡くなった後、北山の杣人(そまびと)だった大叔父の家で育ったのだと小吉は言った。

「京へ来て、頼ったのが『無根樹堂』の御隠居やったんどす」

伊井沼孝太夫の名前は、母親のお瀬衣から聞かされていた。父親の華焔が殺された後、密かに行われた葬儀の席に、孝太夫は顔を出していたのだ。

「母に、華焔の死の真相を突き止め、行方知れずの天馬を必ず捜し出す……。そう約束してくれたんやそうどす」

結局、その約束を果たせないまま、孝太夫は今に至っていた。

「式岡華焔の死と、榊玄信の死の真実。御隠居にとっても、この二つは今でも心残りなんやそうどす」

うすぼんやりとした蠟燭（ろうそく）の明かりに照らされて、小吉の顔は泣いてでもいるように歪（ゆが）んで見えた。

「旦那の口から式岡華焔の名前が出た時は、ほんまに驚きました」

玄一郎が、小吉に、孝太夫から「天馬飛翔図」を見せられた、と話した時のことだ。

「その足で、すぐ御隠居を訪ねました。ほしたら、そこで音兵衛というお人に会うたんどす」

魅山堂の音兵衛から、小吉は父親の死に際の話を聞かされた。音兵衛が猩々衆であり、二十年前の「降馬事件」の情報を集めていたことも、その時に知った。

「もしかして、猩々児が天馬だと聞いたんやないか?」

音兵衛は、傷ついた天馬を助け、息子として育てた。天馬は猩々児となり、伊佐船屋と「大滅派」への復讐の時を待っていた。

「そうは聞いてまへん」

小吉は否定するようにかぶりを振った。

「音兵衛さんの息子さんが猩々児だと知って、四条河原へ会いに行きました」

年齢は同じだった。しかし顔立ちまでは分からない。十四歳から二十年も経てば、顔も変わるだろう。何より、天馬が亡くなった母親に似ていれば、面影すら頼りにならない。

「兄が京から姿を消したのが、父が護送されたんと同じ日やったことを知って、もしかしたら、て思うたんどす。兄は、父の後を追ったんやないか、て。それやったら、音兵衛さんと会うとるかも知れん。もし、助けられたんやったら、猩々衆として生きているに違いない……」

それから、小吉は声音を落としてこう言った。

「確かに、猩々児は兄の天馬どした。ちゃんと証しがありましたさかい」

「証し、てなんや?」

「兄には左の肩に傷跡があるんどす」

それは、まだ多恵が生まれたて一年にもならない頃だった。お瀬衣がつい目を離した隙に、多恵は縁先に這い出てしまった。

「落ちかかったところを、兄が助けたんどすわ。その代わり、兄の方が縁先から転がり落ちてしもうて」

落ちた先に尖(とが)った石が突き出ていた。その石の先が、天馬の左肩に刺さった。

「兄はその傷が元で、二、三日、高熱を出して寝込みました。治った後も、傷は残りました。母が泣いて父に詫(わ)びていたのを覚えてます。父は『利き腕が無事やさかい、絵師はやれる』て、そない言うて母を慰めていました」

「その傷跡があれば、天馬なんやな」

「四条河原の小屋を訪ねた折、猩々児は着物を着換えてはりました。その時に、はっきりと見たんどす」

左肩に、見覚えのある傷があった。

(やっぱり、兄さんや。兄さんは生きていたんや)

思わず涙ぐみ、側(そば)へ寄ろうとした。ところが……。

「人違いや、て言わはるんどす」

——この傷は、旅の途中の山中で付けたもの。私は天馬ではない——

「突き放すように、そない言われたんどす」

その時だった。馬の蹄の音が聞こえた気がした。急いで表に出てみると、門の前に久我島がいる。久我島は三頭の馬を引いていた。

「『大滅派』の根城が分かりました。稲荷山の聖音院です」

馬は奉行所の厩から借りて来ました、と久我島は言った。

「播磨守はどないする気なんや」

「先々代の帝とはいえ、桜町帝直筆の詔を携えて徒党を組んだのです。秘密裏に壊滅させるよう命令を受けました。そのために無形衆を動かしたのです」

「禁裏や所司代は？」

「播磨守に、すべて任せるそうです」

延享三年の「降馬事件」や、宝暦の事件とは違って、今回は、伊佐船屋庄吾郎という一町人が首魁なのがはっきりしていた。

「つまりは、奉行所絡みの事件として扱うんやな」

ところが、久我島は少し違うとかぶりを振った。

「町人が相手ではありますが、謀反人として処罰します」

「殺すのか?」

玄一郎は驚いた。

「敵の出方次第では、それもあり得るかと……。ですから」

久我島は一旦言葉を切ってから、改めて語調を強めてこう言った。

「私に同行するのなら、町方としてではなく、無形衆の一人として加わることになります。御承知いただけますか」

玄一郎は馬の一頭に近寄ると、手綱を摑んだ。

「町方の同心身分は忘れろ、てことやろ。かまへん、その方がこっちも存分に動けるさかい」

其の七　聖音院

三人は堀川通に出ると、馬首を東山の方角へ向けた。伏見(ふしみ)街道から一気に南に下り、稲荷山の辺りから山中へと向かう。人里から外れた所に聖音院はあった。

坂道を一気に駆け上がったので、馬の息も荒れている。左右から覆い被さって来る木々の枝を、掻き分けるようにして進んで行った。空には上弦の月がある。天を埋め尽くす星の輝きで、夜道でも辺りがほのかに見えた。

虫の声ばかりが耳につく。風が木の葉を揺らす音も、却って静寂さを際だたせる。

やがて、木の間からちらちらと明かりが見え始めた。さらに進んで行くと、古びた山門が見えた。

扉はない。境内には篝火が幾つも灯され、多くの男たちが慌ただしく行き交っている。

三人が馬を近くの木に繋いでいた時だ。傍らの茂みが、がさごそと動いた。ハッとしてその方に目をやると、絡んだ木々の枝を払い除けながら、一人の男が現れた。

男は一人の女を従えている。

「私だ」と言った声が猩々児のものだ。ならば、女は夏乃なのだろう。

「無形衆が寺の周りに潜んでいる。いつでも、踏み込める用意はできた」

猩々児は久我島に言ってから、改めて玄一郎に顔を向けた。

「何ゆえ、この男を連れて来たのだ」

猩々児は、不満を露わにしている。

「斬り合いに町方は不要だ。何も御妻女を悲しませずとも良かろう」

「今は西町の同心やない。ただの榊玄一郎や。あんたと同じで、父親の仇を討ちに来た。それで文句はないやろ、式岡天馬」

玄一郎はあえて猩々児を天馬と呼んだ。音兵衛は確かにそう言った。ここまで来て、隠し事をして欲しくはなかった。

「小吉は、あんたの弟の颯馬だ。ずっとあんたの行方を捜して来たんや。事情があるんやろうけど、もうええやろ。ほんまのことを言うてやれ」

場合によっては、もう二度と会うことはないかも知れない。何もかも、首尾良く事が運ぶとは限らなかった。多恵はともかく、せめて小吉とは、兄弟の名乗りを上げて貰いたい。玄一郎はそう強く願っていた。

「二十年前、あの峠の山中で、私は猩々衆に助けられた」

猩々児は、その視線を小吉に向けた。

「伊佐船屋の刺客に追われる私を助けようと、猩々衆の若者が一人、自ら囮となって、刺客の目を逸らせた」

私はそのお陰で命が助かった。だが……、と、猩々児はその顔を曇らせる。

「若者は、刺客の矢を受け、崖下へ転落して亡くなったのだ」

刺客は崖を覗き込み、天馬を仕留めたと思い込んだ。

「私の身代わりとなって死んだ若者が、音兵衛の息子だった。以来、私は彼の息子、猩々児として生きている」

「これまで猩々衆は、幕府との関わりを避けて来ました」

静かな口ぶりで、久我島が言った。

「今回、音兵衛さんが我々と手を組んだのは、殺された息子さんのためでもあったのですね」

同時に、息子のように思っている天馬のためでもあった。

「兄さん」と、小吉が呟くように猩々児に言った。

「武岡天馬であろうと、猩々児であろうと、かましまへん。生きて、わての前に現れてくれただけで、それだけでようおます」

まるで泣いているような声だ。

「猩々衆の役割はここまでだ」

猩々児は、己の気持ちを振り払うように厳しい声で言った。

「私以外の者は、ここから引き揚げさせる」

情報を集めることを目的としている猩々衆は、本来闘いには不慣れなのだろう。

それから、夏乃にこう命じた。

「私に何かあれば、猩々衆を束ねるのはお前の役目だ。後は頼んだぞ」

しかし、夏乃はすぐにはその場を動こうとはしなかった。暗がりで、その表情は分からなかったが、躊躇(ためら)っている様子がじわりと伝わって来る。

「行け。仲間と共にこの場を離れるのだ」

猩々児の声に追われるように、夏乃はサッと身を翻すと、深い茂みの中に姿を消した。

「では、私も参ります」

無形衆の差配を任されているのだろう。久我島は玄一郎に軽く頭を下げる。

「浪人者とはいえ、腕の立つ者ばかりです。くれぐれも油断なさらぬよう……」

忠告を残し、久我島もまたその場から去って行く。

「無形衆の火矢が飛ぶのが、合図だ」

猩々児はそう言って、腰から舞扇を引き抜いた。

「それが、得物(えもの)か?」

驚く玄一郎の前で、猩々児は舞扇を開いて見せる。一本一本の骨の先が、鋭い刃になっていた。

「猩々の武器だ。見事に舞って見せようぞ」

猩々児はにこりと笑った。

「それより、榊殿は人が斬れるのか？　我等は旅暮らしだ。山賊とも度々やり合うている。伊佐船屋の刺客と違うて、その腰の物は飾りであろう。剣技だけでは生き残れぬぞ」

「これがただの飾りかどうか、あんたにとくと見せてやろう」

玄一郎は大刀の鯉口に手を当てる。

小吉は無言で懐から小刀を出すと、鞘から抜いた。

その瞬間、辺りがパッと明るくなった。突然、寺の境内が騒がしくなる。

無形衆が攻撃を仕掛けたのだ。怒声と刃の嚙み合う音が、周囲に響き渡った。

猩々児が境内に走り込んで行った。すかさず玄一郎は後に続く。

眼前に現れた敵を、抜き放った一太刀で、真横に斬り裂いた。すぐに両手で柄を握り、刀を振りかぶると、一気に袈裟懸け（けさが）に斬る。肉を断つ手応えと、降り掛かる血飛沫に、これが現実だと思い知らされた。

篝火は次々に倒されていた。地面や敵に突き刺さった火矢の炎が、あちらこちらで揺れている。

小吉が背後にいるのが分かった。いつしか、敵から奪った大刀で斬り結んでいる。

本音を言えば、刀を抜くのが怖かった。玄一郎は一度も人を斬ったことがないのだ。最初は峰打ち(みねうち)でやり過ごすつもりだった。だが、最初の一太刀で、そんな思いは吹き飛んでいた。

真剣に襲いかかって来る相手に、手加減などする余裕はなかった。一瞬、脳裏を「死」が過る(よぎる)。死への恐れは、玄一郎の中にはない。だが、多恵の泣き崩れる様が、かつて、父の遺体を前にした時の母親の姿と重なった。

無我夢中で刀を振るっていると、視界に猩々児の姿が見えた。開いた扇を縦横無尽に動かす様は、まるで舞っているかのように優雅で美しい。

「ならば……」

玄一郎は己を叱咤(しった)した。

「守らなならん」

多恵の二人の兄たちを……。式岡天馬と、颯馬。この兄弟を……。

玄一郎は刀を納めた。抜き放つと同時に、目の前の敵に斬り付ける。再び納め、再び抜き放ち、敵に向かってさらに刃を振るう。

横に払い、時には袈裟懸けに……。鍛錬して来た居合の技の数々を、身体がすべてこなしてくれた。

その時だ。本堂から火の手が上がった。

「旦那、伊佐船屋は、本堂にいてますっ」

小吉が叫んだ。その声を聞きつけたのか、猩々児が本堂に向かって走り出した。

玄一郎と小吉も、すぐさま後を追った。

駆け込んだ本堂に、庄吾郎はいた。手には「天馬飛翔図」を抱えている。

庄吾郎の周囲には、「大滅派」と見られる男たちがいた。彼等を守るように、浪人者が、刀を抜いて立ちはだかっている。

本堂の奥の板壁に、人が一人通れるくらいの穴がぽっかりと開いていた。どうやら、逃げ道を確保してあったようだ。

彼等の姿が次々にその穴に消えて行く。玄一郎は刀を抜き放って、浪人者と相対した。

「庄吾郎を逃がすなっ」

玄一郎は叫んだ。小吉と玄一郎が敵を抑えている中、猩々児は、庄吾郎の後を追って、穴の向こうへと姿を消した。

「御無事ですか」

炎が広がる中、久我島が無形衆を引き連れて本堂へ現れた。

「先生、後は任せた」

それから、小吉に向かって「早うここから出るんや」と言った。

「わても一緒に……」

躊躇（ためら）う小吉を玄一郎は制す。

「俺にもしものことがあったら、多恵を頼む」

そう言い残すと、玄一郎は猩々児の消えた穴に飛び込んで行った。


壁の向こうにも部屋があると思っていた。内部は真っ暗だった。出口は見当たらない。まるで庄吾郎も猩々児も、消えてしまったかのようだ。

突然、足元の床が消えた。

すぐにドシンと尻餅（しりもち）をついた。痛みに呻（うめ）いていると、「大丈夫か」と言う猩々児の声がした。

「ここは、どこや」

「本堂の床下だ。伊佐船屋はここから逃げたのだ」

なんとか立ち上がると、ぎりぎり頭が付くぐらいだ。

「この先だ」

猩々児が再び言った。焦げ臭い匂いと熱風が、頭上の床板を通して覆い被さって来る。ぱちぱちと木のはぜる音が不気味だった。今にも、燃えた床板が降って来るかと思われたが、幸いなことに、間もなく、床下を抜けて本堂の裏に出ることができた。しばらくそのまま進んでから振り返ると、炎を背景に、黒々とした本堂が見える。

「ようここまで来はりましたなあ」

庄吾郎の声が聞こえた。気が付くと、二人は数人の男たちに囲まれ、四方から刀の切っ先を突き付けられていた。

「いい加減、手を引いて貰いまひょか」

庄吾郎は苛立ちを隠せないようだ。

「幕府が動いている。そっちこそ諦めたらどうや」

玄一郎は言い放った。寺を燃やす炎が周囲を照らし出している。庄吾郎の顔が怒りのあまり、まるで地獄の鬼のように見えた。

「ここには、天子様の詔がおますのや」

庄吾郎は「天馬飛翔図」をバラリと開いた。

「天馬雲上を翔け、聖雨天下を潤す。これは、桜町帝のありがたいお言葉どす。王権を禁裏に戻し、新しい世を作る。面倒な決まり事に縛られた徳川の世なんぞ、消してしもうたらええんどすわ」

「『王政復古』を成し遂げたからと言うて、何もかも上手く行くとは限らへんやろ。お前のその欲のために、式岡華焔も俺の父も、命を落としたんや」

「せやから言いましたやろ。わてが殺そう思うたんは、天馬一人や、て……。後のもんは、下手な邪魔立てをするもんやさかい、巻き添えになったんどすわ」

その時、ヒュウッと風を切る音がして、火の玉が玄一郎の視界を走った。

火矢だった。火矢は庄吾郎の掲げていた「天馬飛翔図」のど真ん中を射ていた。

振り返ると、久我島が弓を手にして立っている。

ボッと絵が燃え上がった。庄吾郎が悲鳴を上げた、次の瞬間だった。

猩々児の手から、何かが飛んだ。あの扇だ。しかも投げる時、猩々児は扇の要を外していた。

バラバラになった扇の骨が、次々に庄吾郎の身体に突き刺さる。細く長い刃の一本が、庄吾郎の眉間に深々と食い込んでいた。

悲鳴など上げる間はなかった。庄吾郎は大きく両腕を広げると、そのまま、あお向けに倒れ込んだ。その身体の上で「天馬飛翔図」は炎を上げて燃えている。

「生憎であったな」

猩々児は庄吾郎を覗き込んで言った。

「私が式岡華焔の息子の天馬だ。あんたは、天馬を殺せなかった。あの時も、そして、今も……」

その言葉が庄吾郎に聞こえたかどうかは分からない。闇を映したその瞳を、赤く染めているのは、寺を燃やす炎か、それとも、地獄の業火であったのか……。

その時だった。馬の蹄の音が聞こえた気がした。おもわず振り返ると、本堂の屋根に一頭の馬の姿が見えた。

馬は炎の色をしていた。嘶きが聞こえた。渦巻く炎がまるで雲のようだった。馬は雲に乗り、空高く駆け上がって行く……。

幻なのか、昇って行く煙が、たまたま馬の形を取っただけなのか……。熱風に巻き上げられて、やがて、その姿は玄一郎の視界から消えてしまった。

「今のは、いったい……」

玄一郎は、思わず隣にいた猩々児に目をやった。

猩々児の目がじっと天空を見つめていた。やがて、一筋の涙がその頰を伝って落ちた。

(この男にも、あれが見えたんや)

そう思った。猩々児の顔には、どこか吹っ切れたような清々しさがあった。

伊佐船屋庄吾郎は、聖音院で亡くなった。しばらくして、妙な噂が京の町で囁かれ始めた。稲荷山の近くの古寺が燃えた夜、空に赤い馬が現れ、東の方角へ駆け去ったというのだ。東は江戸の方角だった。

孝太夫は、事の顚末を音兵衛から聞かされていた。

「天馬を助けようとした息子のことも、話してくれはった」

孝太夫は、しんみりとした口ぶりで玄一郎に言った。

——猩々衆は世間の事に関わるのを、避けて来ました。せやさかい、追われている天馬を見ても、知らぬ振りをするよう、息子にも言いましたんやけどな——

音兵衛の息子と天馬は、背恰好が似ていた。年齢もほぼ同じだった。

——追っ手の目を逸らせば、きっと逃げ切れる。見て見ぬ振りはできない——

猿のように、山を行く。それが「山走」だった。

——息子の遺体を目にした時、「ようやった」と褒めてやったらええのんか、それとも「阿呆な奴や」と叱ったらええのんか……——

当時を思い出したのか、音兵衛は涙ぐんでそう言った。

「幸いにも天馬は生き延びた。亡くなった息子の代わりに、猩々児として生きるようになった。同時に天馬の復讐は、音兵衛を始め、猩々衆の悲願になったんや」

そう言ってから、孝太夫は玄一郎の顔を覗き込むようにして尋ねた。

「お前は、どうや。榊玄信の復讐は遂げられたんか？」

玄一郎は、しばらくの間考え込んだ。「恨みを晴らす」という言葉が、自分とはひどくかけ離れたところにあるような気がして、戸惑いを覚えたのだ。

「庄吾郎を憎んだかと言えば、そうでもあらへんのです」

玄一郎は、改めてその目を孝太夫に向けた。

「これが、せめて十年前やったら、怒りに我を忘れたかも知れません。せやけど、今は、ただホッとして……」

安堵している自分がいた。榊玄信の死の真相が分かった。同心としての、その働きぶりが分かった。父はその命と引き換えに、式岡天馬を救った。天馬は、玄一郎の大事な妻と友の兄だった。

とても偶然とは思えなかった。これは、父が結び付けてくれた縁（えにし）のような気がした。

「無根の樹の真実（まこと）が分かっただけで、私は満足です」

事件から二日後、玄一郎は緑仙堂に多恵を迎えに行った。

多恵はすっかり落ち着いたのか、満面の笑みで玄一郎を迎えてくれた。

「どや、美味いもんでも食べて行くか」

緑仙堂を出る時、玄一郎はそう言って多恵を誘った。

連れて行ったのは、「笹花」だ。美味い料理に加えて、少々酒も入り、多恵は終始楽しそうだった。


九月も終わる頃、玄一郎は無根樹堂に呼ばれた。そこで彼を待っていたのは、猩々児だった。

「江戸へ行く」

無根樹堂の庭を眺めながら、猩々児は言った。

「久我島さんに、仕事を手伝って欲しいと頼まれた」

「仕事、て、隠密役のか？」

茶を啜りながら、玄一郎は尋ねた。

「まだ江戸の始末が残っているのだ」

確かに、伊佐船屋が率いていたのは、あくまで京の「大滅派」だ。

「伊佐船屋だけの企てとは、幕府側も思うてはおらぬ。『王政復古』や『尊王論』は、西国辺りで燻ぶっているのではないか、と……」

「京の事やないんやったら、俺には関わりあらへん」

玄一郎はきっぱりと言った。

「俺が守るのは、京だけや。それが町方の役目やさかいな」

「颯馬と夕衣を頼む」

猩々児は急に改まった態度になる。

玄一郎は猩々児に目をやった。

「多恵は俺の女房やし、小吉は弟分や。あんたに頼まれるまでもあらへん」

空を見上げると、白い雲が浮かんでいた。雲はなんとなく馬の形をしている。

「天馬、雲上を翔ける……か」

ぽつりと玄一郎は呟いた。

(天馬には、それが似合いや)

「榊玄信殿には、心から感謝している」

神妙な口ぶりで猩々児は言った。

「俺もあんたに感謝している。お陰で、父の最期が分かった」

玄一郎は猩々児の顔をまっすぐに見た。

「多恵には、あんたのことは言うてへん。これからも俺の口から言う気はない。せやさかい、いつか、多恵に会うて教えてやってくれ。ほんまの父親と母親のこと、それに、あんたがどれほど妹を思うているのか、も……」

翌、明和四年（一七六七年）、八月、江戸で山県大弐と藤井右門が処刑された。罪状は二人が「尊王論者」の急先鋒であり、幕府反逆の罪を問われたからだ。「尊王論」を提唱した竹内式部は、江戸へ移送された後、八丈島への流罪を言い渡された。

事の起こりは、年の初めに、奇妙な噂が江戸で囁かれるようになったことだ。

――天皇こそが国の王である――

そう主張する者が、密かに幕府転覆を企てているというのだ。噂を流したのは、旅芸人の一座だという者もいたが、真実は分からないまま、間もなく、その話は消えてしまった。

参考文献

日本史リブレット36『江戸幕府と朝廷』高埜利彦　山川出版社

カラー版『浮世絵の歴史』監修・小林忠　美術出版社

増補新装　カラー版『日本美術史』監修・辻惟雄　美術出版社

『美人画・役者絵2 春信』高橋誠一郎　講談社

京都の歴史5『近世の展開』京都市編　学芸書林

京都の歴史10『年表・事典』京都市編　学芸書林

『常用 墨場辞典』前野直彬ほか編　尚学図書（発行）小学館（発売）

『【図説】日本拷問刑罰史』笹間良彦　柏書房

本書は時代小説文庫（ハルキ文庫）の書き下ろし作品です。

み 13-2

無根の樹

著者 三好昌子

2021年10月18日第一刷発行

発行者 角川春樹

発行所 株式会社 角川春樹事務所

〒102-0074 東京都千代田区九段南2-1-30 イタリア文化会館

電話 03(3263)5247[編集] 03(3263)5881[営業]

印刷・製本 中央精版印刷株式会社

フォーマット・デザイン＆シンボルマーク 芦澤泰偉

ISBN978-4-7584-4441-5 C0193

http://www.kadokawaharuki.co.jp/[営業]

fanmail@kadokawaharuki.co.jp[編集] ご意見・ご感想をお寄せください。

八朔の雪
花散らしの雨
想い雲
今朝の春
小夜しぐれ
心星ひとつ
夏天の虹
残月
美雪晴れ
天の梯
みをつくし献立帖
花だより

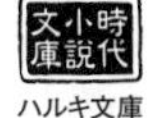
時代小説文庫